異風の人

——時代・歴史小説に描かれた盲人像

高林正夫

本の泉社

はじめに

私は「日本の近・現代作家たちが小説や戯曲などを通して、視覚障害者（盲人）をどのように描いてきたのだろうか」ということに興味・関心を持ち始めて以来、ほかのジャンル（例えば、日本の大衆文学や外国文学、謡曲や狂言などの古典、講談や落語などの大衆芸能等々）についてもそっと「覗き見」したくなりました。そこで、まず時代・歴史小説から調べてみることにしました。すると面白いことに、それまで作品のどこに隠れていたのでしょうか、今までおぼろげな存在だった盲人たちが、私の目の前にはっきりとした姿で、次から次へ現れてくるではありませんか。それは、口元にニヒルな笑みを浮かべて登場する侍であったり、雄々しい姿で飛び出してくる武将であったりしました。またある若者は、不安な表情を浮かべながらとぼとぼと街道を歩いていました。怒りや悔しさで身体をぶるぶる震わしている者もいました。そして、私の予想に反して、やさしくあたたかな笑顔で迎えてくれる人たちの何と多かったことでしょうか。

私が初めに思い浮かべた時代・歴史小説に登場する盲人たちといえば、剣豪としての机竜之助や丹下左膳、そして戦国の武将山本勘助や伊達政宗の姿でした。ニヒルでストイックな剣豪たちであり、勇猛果敢な戦国の武将たちのことです。しかし、いろいろな資料を調べたり、本を読んでいくなかで、「ちょっと待てよ、歴史に登場する盲人たちって、彼らのような人物ばかりではないのでは?」と思うようになりました。今考えてみると当たり前のことかもしれませんが、時代・歴史小説に登場する盲人たちとは、彼らを含めさまざまな顔かたちをした、性格も皆それぞれ違う人物たちのことではないでしょうか。私自身、いつの間にかある種の「鋳型」にすっぽりとはめ込まれてしまっていたようです。

私は本書をまとめるに当たって、自分の胸底にこびり付いていた時代・歴史小説やその人物像に対する先入観・固定観念のようなものをできるだけ剝ぎ取り、再度「ヒーロー群像」としての盲人たちから「市井に生きる」盲人たちまで幅広く、複眼的な視点で「盲人像」をとらえ直してみました。この作業を通して、多くの盲人たちが封建制社会のなかで常に不憫な存在であり、偏見や差別に満ちた重たい日常を背負わされてきた事実とともに、その一方で、したたかでたくましく、ユーモアたっぷりに楽しく暮らしてきた盲人たちにも出会うことができました。これら盲人たちのさまざまな姿が今、一つの環になって私の頭のなかをぐるぐる回り始めています。「一人ひとりの目が見えていようといまいと、それぞれ姿かたちが違っていようといまいと、皆同じ人間ではないか。楽しく、面白く生きていこうよ」という声々とともに。本書に登場する人物のなかから、こんな盲人たちの姿を一緒に見つけ出してもらえたらほんとうにうれしいことです。

今日、世の中は「多様性」が尊重される社会へと、個人としての生き方が大切にされる時代へと変わりつつあります。障害があろうとなかろうと、一人ひとりがほんとうの意味で社会の主人公になれる日が必ずやって来ると思います。その時、そこにはどんな風が吹いているのでしょうか。きっと、おおらかであたたかな、そしてやわらかでやさしい風が一人ひとりの頭の上に吹き渡っていることでしょう。

本書を刊行するに当たって、日本ライトハウス情報文化センター図書・情報係様をはじめとして、多くの方々からご支援・ご協力をいただき、ほんとうにありがとうございました。この場を借りて心よりの御礼と感謝を申しあげます。

なお、引用文は原文通りの表記を原則としていますが、読みやすくするために、内容的に変更がむずかしい箇所や、変更すると作品の趣旨をそこねてしまうおそれのあるところ以外、旧字を新字に、旧仮名遣いを新仮名遣いに変更しています。また、送り仮名の表記やルビの振り方についても同じような理由で筆者の方で原文とは違う書き方をしているところがあります。

二〇二〇年八月五日　髙林正夫

目次

異風の人——時代・歴史小説に描かれた盲人像

高林正夫

一　「ヒーロー群像」としての盲目剣士たち

■まえがき（一）

まず、数多い時代・歴史小説のなかから、「『ヒーロー群像』としての盲目剣士たち」というテーマにふさわしい作品があるかどうか、あれこれ思い浮かべてみました。すぐ頭に浮かんだのが、中里介山の「大菩薩峠」でした。しかし、この大長編はいろいろな意味であまりにも深く、遠いところにあり過ぎる作品です。また、内容的にもスケールが大き過ぎます。残念ながら、机竜之助をこの場に登場させることはできませんでした。

そこで、次に左膳の登場となります。時代の流れからしても、この「丹下左膳」（林不忘）が「大菩薩峠」の影響を一番多く受けた作品になるのではないでしょうか。当時の読者は徹底したニヒリズムに酔いしれ、圧倒的な剣豪ぶりに大興奮しました。時代風潮も後押しして、一気に「ヒーロー群像」としてのスターダムにのし上がったのです。ここでは、主に「ヒーロー像」と盲目剣士との関係について、「座頭市物語」(子母澤寛)の市とともに取り上げてみました。

「盲刃」(五味康祐)と「運命峠」(柴田錬三郎)では、刀剣が持つ「精神性」や剣劇場面を紹介しながら、時代小説の楽しみ方・味わい方などを再吟味したいと思います。「塚原卜伝」(中山義秀)も「ヒーロー物」としての作品ですが、作中で主人公の卜伝と表裏一体の関係にある全盲のヒロイン玉路を取り上げています。

ここに紹介する作品の多くが、映画化またはテレビドラマ化されています。私もそのうちの何本かを見ました。興味深いものもあれば、当然そうでないものもあります。映画やドラマを見て小説を読む、小説から映像物へ。もちろんどちらから入っても構わないのですが、ただ、映像物からはなかなか味わいにくい、じんわりとにじみ出てくる、あとからじっくりと醸成できるような「面白さ」だけは、原作からしっかり読み取っておきたいものです。

林不忘「丹下左膳」の左膳

時代・歴史小説に登場する人物のなかから、印象に残るヒーローを選んでみてくださいと言われたら、私は鞍馬天狗、宮本武蔵、丹下左膳の三人を挙げることでしょう。この三人は、いわゆる「団塊の世代」と呼ばれる私たち世代にとって特別な存在だったからです。

一九五〇年代後半から六〇年代前半にかけて少年期を迎えた私たち（男子）の主なあそびといえば、「チャンバラ」ごっこでした。その「チャンバラ」あそびに必ず登場するのが、正義の味方で「イカ頭巾」（いかの頭のような形をした頭巾）をかぶった神出鬼没の鞍馬天狗であり、巌流島の決闘で佐々木小次郎を敗った二刀流の宮本武蔵、そして片眼・片腕の奇怪な容貌ながら、刀を持てば天下無類の強さを発揮するスーパーヒーローの丹下左膳でした。子どものころの私はなぜか左膳が一番好きでした。「シェイは丹下、名はシャゼン」という名せりふで一世を風靡《ふうび》した銀幕での左膳役大河内傳次郎の影響が大きかったのかもしれません。原っぱで時間の経つのも忘れ、「エイヤー　エイヤー」と棒っ切れを振り回していたころのことが懐かしく思い出されます。

まず、スーパーヒーローとしての丹下左膳を紹介します。

左膳は小野塚鉄斎が江戸根津権現に開いている町道場に突然現れる。左手には何やら大きな板のようなものを抱えていた。

「頼もう！」

根岸あけぼのの里、小野塚鉄斎のおもて玄関に、枯れ木のような、恐ろしく痩せて背の高い浪人姿が立っている。

赤茶けた髪を大髻《おおたぶさ》に取り上げて、左眼はうつろにくぼみ、残りの、皮肉に笑っている細い右眼から口尻へ、右の頬に溝のような深い一線の刀痕がめだつ。

たそがれ刻《どき》は物の怪《け》が立つという。

その通り魔の一つではないか？――と思われるほど、この侍の身辺にはもうろうと躍る不吉の影がある。

右手をふところに、左手に何やら大きな板みたいな物を抱えこんで奥をのぞいて、

「頼もう――お頼み申す」

と大声だが、夕闇とともに広い邸内に静寂がこめて裏の権現様の森へ急ぐ鳥の声が空々と聞こえるばかり。侍はチッ！　と舌打ちをして、腋の下の板を揺り上げた。


左膳が小説のなかで、片眼・片腕の奇怪な剣士として初めて登場する場面です。左手に抱えているのは「神変夢想流指南小野塚鉄斎道場」と筆太の文字で書かれた看板。道場破りにやって来たようです。大胆不敵な面構えといい、傍若無人な態度といい、これから痛快で奇想天外な物語の始まりにふさわしい登場の仕方です。

「丹下左膳」は一九二七（昭和二）年一〇月から一九二八（昭和三）年五月まで、『新版大岡政談』として東京日日新聞に連載され、一九三三（昭和八）年六月から一一月まで、大阪毎日・東

京日日新聞、一九三四（昭和九）年一月から九月までは、讀賣新聞に『丹下左膳』・『新講談丹下左膳』として連載されました。秘蔵する「乾雲《けんうん》・坤竜《こんりゅう》」の二刀と、莫大な埋蔵金のありかを秘めた「こけ猿」の壺をめぐっての激しい争奪戦の物語です。時は、徳川八代将軍吉宗の時代。もともと、新聞小説として連載された時は『新版大岡政談』というタイトルが物語るように、左膳は作品の途中から脇役（異形の浪剣士）として登場したに過ぎません。ところが、当時の読者はニヒルでうつろな表情とともに、胸のすくような太刀捌きにすっかり魅了され、左膳を一躍主役の座へと押し上げてしまったのです。その後、続編として書かれた新聞小説のタイトルも『丹下左膳』と改められ、左膳は超現実的世界のなかで自由奔放に大暴れし、人を斬って斬りまくっていったのでした。


「うわあッ！」

一人斬られた。

——星明りで見る。

片袖ちぎれた丹下左膳が大松の幹を背にしてよろめき立って、左手に取った乾雲丸二尺三寸に、今しも血振るいをくれているところ。

別れれば必ず血をみるという妖刀が、すでに血を味わったのだ。

（中略）

刀痕鮮かな左膳の顔が笑いにゆがみ、隻眼《せきがん》が光る。
「この刀で、すぱりとな、てめえ達の土性《どしょう》ッ骨を割り下げる時がたまらねえんだ。肉が刃を咬んでヨ、ヒクヒクと手に伝わらあナ——うふっ！　来いッ、どっちからでもッ！」
無言。光鋩《こうぼう》一つ動かない。

左膳は鉄斎から与《あず》かった乾雲の刀で大暴れする。その後、その刀を奪って逃走を計る。実は、乾雲丸と坤竜丸を手に入れることを愛刀家の主君（奥州中村六万石相馬大膳亮）から命じられて江戸に上ってきているのが丹下左膳だった。ただ、一対の刀が同じ場所に納まっている間は無事なのだが、いったん二つの刀が離れ離れになってしまうと凶事《きょうじ》を引き起こし、たちまちそこに何人かの血を見、阿鼻叫喚《あびきょうかん》の地獄絵図のような世界が繰り広げられてしまうのだった。左膳は作中でこううそぶく。「雲は竜を招き、竜は雲を呼ぶという。な、そこだ！　つまり、この刀と脇差しは、刀同士が探しあって、必ず一対に落ち合わねえことには納まらない」と。左膳は坤竜丸を求めて、血のにおいを追い続け、人を斬って斬りまくり、江戸の町をさまよい歩いた。

ここまでが「乾雲坤竜の巻」のあらましです。物語は「こけ猿の巻」・「日光の巻」へと続いていきます。

柳生藩は時の幕府より日光東照宮の改築工事を命じられた。その工事資金調達に困惑する。が、代々伝えられてきた名器「こけ猿」の壺のなかに、莫大な財宝の地図が隠されていることを知る。ところが、その壺は柳生源三郎（柳生家の次男）の婿入りの引出物として江戸へ渡ってしまっていた。その後、「こけ猿」の壺をめぐって激しい争奪戦が繰り広げられる。そこで、主人公丹下左膳の大活躍となった。

この巻では左膳と柳生源三郎との友情話や、父《てて》なし子チョビ安の親代わりになるなど、左膳もニヒルな様相を残しつつ正義の味方、人情味あふれるキャラクターの持ち主としても描かれています。

さて、「丹下左膳の人気の秘密とは？」と問われた時、戦後生まれの者にとっては前述したように、「スクリーン上に登場した大河内傳次郎のあざやかな太刀捌きに魅了された」と答える人が多いのではないでしょうか。おそらく、戦前においてもそう変わらなかったと思います。ただ、その「面白さ」を受け入れる大衆の気分感情や時代背景はずいぶん違っていたと考えられます。よく言われることですが、「丹下左膳」が『新版大岡政談』として新聞小説に発表された一九二七（昭和二）年前後は、未曾有の不景気・金融恐慌、政友会の田中義一内閣による山東出兵、芥川龍之介の自殺などといった社会の閉塞状況が大衆の暮らしのなかに広くしのび込んでいった時代です。かすかではありますが軍靴を踏み鳴らす足音も聞こえてきたはずです。暗い時代でした。人々はそんななかでも一筋の光明を見いだそうとしていたのです。そこへさっそうと現れたのがわれらが丹下左膳でした。破壊と殺戮を好む大変危険な人物だったとはいえ、目の前を覆う陰鬱な霧を一気に払いのけてくれるには格好のヒーローだったのです。人々は拍手喝采を送りました。波乱万丈のストーリー展開に日ごろの不平・不満を一気に爆発させたことでしょう。

次に、障害者としての丹下左膳についてひと言触れておきます。世間一般では「厄介者」、「片端者」として疎んじられていた障害者がどうしてこんなに人気を呼んだのでしょうか。暗い時代を反映して、主人公が例え異形・異端のヒーローだったとしても、大衆はどこか人間くさいヒーローを求めていたのではないでしょうか。完全無欠のヒーロー像だけの世界は親しみが持てませんし、面白くもありません。おそらく、そこには現在考えられるような障害者に対する偏見や差別もなかったような気がします。というのも、物語のなかではどうしても超人的なヒーローが求められます。しかも、そのヒーローは大衆から見て圧倒的に威力のある、ある意味で何事に対しても有無を言わせぬ存在でなければなりません。左膳のような存在は当時の大衆にとって、障害を意識するというより畏敬や憧憬の対象だったのではないでしょうか。

ここで一つの面白い見解を紹介します。「英雄にはフラジャイル、つまり脆く壊れやすい点、そう、弱点や欠点を顕著に持っている者が多いというのだ。例は思い切り飛躍してしまうのだが、アキレス腱の名の起こりのアキレスのように。逆な言い方をすれば、超人・超能力的存在が、もし弱点・欠点を持たず、万全・万能であったとしたら、それはもう神格化といってもよく、人間離れしてしまって親しみどころではなくなる。スーパーマンを人間に繫ぎとめておくには、フラジャイルな点を持たさなければならない。目に見えてわかりやすいフラジャイル。それは体の欠損であり、欠陥なのだ。林不忘の『丹下左膳』の丹下左膳も、中里介山の『大菩薩峠』の机竜之助も超人的であればあるほど、重い障害を負わなければならないのだ」（花田春兆『日本の障害者　その文化史的側面』一九九七年　中央法規出版）

このように、丹下左膳は「フラジャイル的ヒーロー像」としてうってつけの人物でした。見事な剣（太刀）捌きに気分がすかっとする、ふと、浮かべる情け深い表情に心和ませる、世間の煩わしさから一時《いっとき》逃れられる等々の理由も加わり、大衆はある種のもろさや弱さを持つこのヒーローに親しみを感じ、いやされ、「安心感」を得たのでした。

もう、ずいぶん前の話になります。ツクツクボウシが行く夏を惜しんで喧しく鳴いているころのことでした。私は嵯峨嵐山の天竜寺から嵯峨野の竹林を抜けて、小倉山方面へ向かう山道を歩いていました。その先には「大河内山荘」があります。山荘庭園入口からどのぐらい上っていったのでしょうか。さほど時間はかからなかったように思います。しばらくすると、さわやかな風が吹き抜ける展望台に着きました。京都市街が一望できます。たしか、そこからは東山の峰々や比叡の霊峰も望めたような気がしました。

今、私は髑髏の紋を染め出した黒襟の付いた白地の着物に、下には女ものの派手な長襦袢を着込んだ左膳のにっと笑った顔を思い浮かべています。その顔が俳優傳次郎のものなのか、それともいつか見た挿絵の顔だったのか、今ではもう判然としません。

※大河内山荘は一九三一（昭和六）年、大河内傳次郎が三四歳の時から六四歳で亡くなるまで、三〇年の歳月をかけて造り上げた京都市右京区嵯峨にある日本庭園です。傳次郎が別荘として造営した回遊式庭園です。

＊林不忘「丹下左膳」『丹下左膳』乾雲坤竜の巻・こけ猿の巻・日光の巻（一九九二年　山手書房新社）

子母澤寛「座頭市物語」の市

天保の頃、下総飯岡の石渡助五郎のところに座頭市《ざとういち》という盲目《めくら》の子分がいた。何処からか流れ込んできて杯をもらった男だが、もういい年輩で、でっぷりとした大きな男、それが頭を剃って、柄の長い長脇差をさして歩いているところは、何う見ても盲目などとは思えなかった。

この一文は子母澤寛「座頭市物語」の書き出しです。本より先に映画『座頭市物語』を見ている私のような者からすると、意外なほど淡白な始まり方だなと感じました。簡単なあらすじを紹介します。

賭場での市はものすごいほどの勘で壺の内の賽《サイコロ》の目を読んで、丁か半かを百発百中で当てた。市は大酒飲みだが、人前で乱れたところを一度も見せたことはない。助五郎を初め、一家の者たちからは一目も二目もおかれている。おたねという貧乏漁師の娘と一緒に納屋のようなところに住んでいた。

市は居合抜きの名手でもあった。中年からの盲目だったらしく、色というものをよく知っていたし、文字の知識もあった。時に、むずかしい言葉などを使ってやくざどもへ講釈などもした。やくざ同士で喧嘩などが起こった時も仲裁に入り、空中に投げ上げられた桶を居合抜きで真っ二つに斬り割り、皆を驚かせた。喧嘩どころではなくなる。市が出ていくとどんな喧嘩でもたちまち治まってしまう。だから、堅気の者からも「市さん、市さん」と頼られていた。

天保一五年八月、助五郎一味は総勢七〇人の手勢を三隻の船に分乗させ、利根川をさかのぼり、笹川河岸《がし》の岩瀬繁蔵を襲撃した。が、繁蔵方ではかねてからこんなこともあろうかと、襲撃の備えには怠りがなかった。助五郎一家は死者四名、負傷者を多数出し、敗走した。繁蔵側の死者は用心棒の平田深喜《みき》一人だけであった。

助五郎は関八州の取締役（汚職小役人）と手を結んで、巧みに世渡りをしたり、先の騒動後、繁蔵は一家残らずなわばりを開けたにもかかわらず、その彼を手下の者に暗殺させた。助五郎と繁蔵、所詮はどちらも世の中のあぶれ者のやくざだ。にわかに、どちらがいいとか悪いとか言えない。ただ、人間としての筋を通してきたかどうかが問題だった。

ところで、市は繁蔵一家襲撃の際、「目の見えねえ片端まで連れてきたと言われたら、後々飯岡一家の名折れになる」と言って、そこには加わらなかった。納屋で酒を飲みながら、女房のおたねに手足を摩らせていた市は、「飯岡助五郎もこの辺がどん詰まりだな」とつぶやく。そして、「一緒に草鞋《わらじ》を履いて旅にでも出ようか」とおたねを誘う。「人間っていう奴はなあ、欲には際限のねえもんだ。親分は金もでき、子分もでき、役人たちもすっかり手に入れた。その上の欲が出た。出たから人の道を踏みはずした」と繁蔵惨殺の経緯を憤る。

そして、市は川端の賭場からの帰り、親分の家に寄る。助五郎も交えて子分たちの酒盛りがおこなわれていた。ある一人の子分が酔いに任せて、繁蔵暗殺の自慢話をし始める。聞き終わった助五郎は「みんなよくやった。繁蔵の野郎もとうとう冥途行きか」とけらけら笑った。市は少し頬を歪める。次の瞬間、助五郎の前に立っていた酒徳利が真っ二つに割れた。市はすっと立つ。「馬鹿めら、杯はけえしたよ」とその場を去った。市はおたねを伴い飯岡から姿を消した。その後の消息は足利（現在の栃木県足利市）に住み、百姓として天寿を全うしたとも、岩代（現在の福島県西部）猪苗代湖畔の丘の上に住まいしたともいわれている。

「座頭市物語」は子母澤寛が一九四八（昭和二三）年に、雑誌『小説と読物』へ連載した『ふところ手帖』のなかの一篇です。歴史随筆といわれていますが、短編小説といってもおかしくない作品です。江戸時代の後期に活躍した下総の侠客飯岡助五郎について取材するため千葉県佐原市を訪れた際、土地の古老から盲目の侠客座頭市の伝承話を聞き、四〇〇字詰め原稿用紙で一五枚程度の聞き書きとしてまとめたものです。

文庫本にして一〇ページほどの小品ですが、内容の濃い物語が凝縮されています。映画化されたとたん、驚くほど多くの人たちから受け入れられました。それは言うまでもなく、一九六二（昭和三七）年に勝新太郎主演で大映から配給された『座頭市物語』です。この映画は爆発的な人気を博し、以来、二六作品というシリーズが公開されました。

第一作を映画化する際、原作を基にして、三隅研次（監督）・犬塚稔（脚本）らにより新たな人物像が作られ、さらに主演の勝新太郎によって肉付けされていきました。ですから、今日知られている座頭市像と原作のそれとはずいぶん違いがあります。現在、世間に伝わっている「座頭市像」は大部分が勝新太郎主演の映画によって作られたものです。例えば、原作の長脇差しを仕込み杖に替えたのも勝です。ストーリー展開も原作とはずいぶん違います。やくざ同士のなわばり争いの結果、最初に大きな痛手を負ったのは助五郎側でしたが、スクリーン上では繁蔵側が一方的にやられています。最後は橋上で対峙せざるを得ない市と平手造酒《みき》（原作では平田深喜）の二人も、そもそもの出会いは剣客としての技量を互いに認め合う場面から始まり、深い絆で結ばれる仲にまでなっています。重要な脇役おたねも市の女房としてではなく、飯岡一家の子分の妹として登場しています。ラストシーンでは哀しい別れが待っていました。

ここで、市の神業ともいえる居合抜きの場面を参考までに原作より抜き書きしてみます。三ヵ所あります。

小さな桶のようなもの、誰かに宙へ投げさせる。
それが落ちてくる途端に、きーんと市の長脇差の鍔鳴りがする。いつ抜いたか、いつ斬ったか——桶は真っ二つになって地上に音を立てる。市の刀はその間にちゃんと鞘に納まって、市は呼吸は元より顔色も変えず、にやにやしている。

ある時、この小見世《こみせ》の煮肴屋《にざかなや》へ禁制の酒を持ち込んで飲んだ揚句に喧嘩をした奴がある。市はそれを知って酒徳利を出させて、これを宙へ投げ上げさせた。落ちて来るのを、真っ二つ。しかも、それが口を真ん中から底へ真っすぐに斬っていた。二つのかけらを合わせると、ぴったりと元のままの徳利になった。

みんなはっと思った途端に、助五郎の前に立っていた酒徳利が、ぱっと真っ二つに割れた。稲妻のように閃いた刀はすでに鞘へ——。鍔鳴りだけがいつ迄も余韻をひいてそこに残っている。

このように、はっとするような場面でも原作では案外あっさりと、静かな筆遣いで描かれています。抑えられた、緊張感のある短い表現・描写だからこそ、却って読者には強い印象を残すのでしょう。

映画では市が居合抜きの名手、渡世人として筋を通すという男らしさに加え、スーパーヒーロー的側面やニヒリストとしての生き方が強調されています。同じやくざ者とはいえ、人の道に大きくはずれた飯岡一家に対しては、厳しい鉄槌を加える盲目のヒーローとして活躍し、おたねや繁蔵一家の用心棒平手造酒との関係では、彼にしかわからない愛情を傾けるアウトロー（はぐれ者）として描かれています。飯岡一家の連中からは陰で「このどめくら野郎！」

とか、「めくら蛇におじず」などと揶揄されても、ストイックでクールな心持ちは揺らぎもせず、却って恐れを抱かれたほどです。

盲目でありながら居合抜きの名手、一匹狼で行動的な市のような人物は現実離れしていますが、物語のなかではたしかに存在します。常に、大衆心理の奥底に潜んでいる「英雄待望論」の体現だともいえます。とはいえ、大衆からあまりにもかけ離れた存在では、神格化されすぎ、人間くささが消えてしまいます。そこで人々は自分たちにもより身近で、より強い味方を求めました。それが座頭市のような存在です。非力で弱い大衆に代わって、悪人をばっさばっさと打ち倒していってくれたのですから、これほど胸のすく思いをすることはありません。

今でもこの「象徴座頭市」は人々の頭のなかに残り、「ヒーロー伝説」も心の底に脈々と流れています。ただ、このような座頭市像についてはあまりにも作られすぎた、固定的・画一的なイメージが強すぎるともいえます。さらに、超人的な能力に対する憧憬は現実の姿を見誤る、あるいは見えにくくさせてしまうという、娯楽映画としての一面についても忘れてはならないと思います。

そこで、登場するのがすでに紹介した「片端者」（障害者）のヒーロー丹下左膳です。左膳が暴れまくったのは戦前のことで、一方、市がスクリーン上で活躍したのは一九六〇年代初頭からで、いわゆる「高度経済成長」の真っただなかの時代です。活気ある開放された風が日本中に吹き渡っている時でした。左膳が登場した戦前とは時代背景や社会環境が全く違います。「希望あふれる」時代の象徴としてのヒーローだったのです。と同時に、考えようによってはその希望の風に乗り損ねた、あるいは乗り切れなかった一部の人たちの影絵のような存在だったのかもしれません。明と暗、光と影。時代背景や時代の風を感じるとらえ方が正反対でした。しかし、どちらもある一つの価値観によって人々の意識がある一方向へ向けられていくなかでのヒーロー像だったのではないでしょうか。いずれにしても、強きをくじき弱きを助けるスーパーマンの出現を望み、ほんの少しだけ人間くささを残したアウトローの登場を期待したことには違いありません。

その後、映画『座頭市物語』によってイメージ化された市がスクリーンから飛び出し、一人歩きしていきます。近年では北野武監督・ビートたけし主演の『座頭市』（二〇〇三年公開）があります。ビートたけしの扮する座頭市が、芸者に変装して親の敵を討とうとする姉妹（実は弟）に加勢し、悪人たちを討ち倒していくというストーリー。原作とは全く違う内容で、それまでには見られなかったような演出・音響効果などで注目を集めた作品です。私もこの映画を見ましたが、なぜ評判になったのか、率直なところ今でもよくわかりません。グロテスクなアクションシーンや金髪姿のビートたけしなどには、何かしら違和感のようなものを感じました。勝新太郎主演の『座頭市物語』上映からおよそ半世紀が経ち、そこへ新しい解釈のもとに、ビートたけし主演の『座頭市』が投げ込まれました。さあ、原作をはさんで、この違いをどのようにとらえ、考えていったらいいのでしょうか？

＊子母澤寛「座頭市物語」　中公文庫『ふところ手帖』（一九七五年　中央公論社）

■五味康祐「盲刃」の柚木敬之進

五味康祐が時代・歴史小説のなかで描いた盲人といえば、『柳生武芸帳』などに登場する柳生十兵衛（隻眼《せきがん》の剣豪）の名がよく知られていますが、ここでは「盲刃」の柚木敬之進という盲目剣士を取り上げてみました。あまり知られていない作品なので、原作のコンパクト版というような感じで少し長めのあらすじ紹介から始めます。

岡崎城下に道場を構える真沙木《まさき》独心斎のもとへ、ある日、藩主水野監物《けんもつ》から直々の使いが来た。明日、城中へ罷《まか》り越し願いたいとのことだ。使者に立ったのは以前、独心斎の門弟の一人だった沢村清四郎という者である。清四郎によると、明朝、盲目の兵法者が殿に目通りして、独心斎と武芸を比べると言っているようだ。「盲人とこのわしが」と独心斎は大いにいぶかり、驚く。傍らで話を聞いていた師範代の栗田六左衛門がひょっとしたら、と一〇日ほど前の出来事を話した。六左衛門が門弟四、五人と連れ立って道場をあとにし、道を歩いている時、深編み笠をかぶった浪人風の者とすれちがった。通り過ぎようとすると、その者は突如五、六歩後ろへ飛び退った。しかも二度もだ。六左衛門は奇体な奴、と思ったが、この者が夢想天流の極意を解する並はずれた使い手であることを一瞬にして悟る。無礼な奴、と摑みかかろうとする門弟たちをいさめ、その場を通り過ぎた。二、三日してまたこの者に出会った。今度は若い娘に手を引かれ、道々の様子を聞きながら歩いている。その様子を見て、六左衛門はこの者が盲目であるかもしれないと思い、あっと声を飲んだ。盲目の身でありながら、あれだけの鋭い眼識、なかなかもって恐るべき達人、と感じたからだ。なるほど、と六左衛門の話を聞き終わって清四郎は驚きの色を見せた。しかし、独心斎は盲目の達人と手合せをすることに意気を覚え、明日、殿の御前で存分に腕を振るわせてもらう由、清四郎に伝えた。

そして、その朝がやって来た。先だって、盲目の武士と連れ立っていたのは武術師範役でもある大納戸《おなんど》役中川左兵衛の息女だったらしい。仕官を望む浪人の技を調べる役目をしていた独心斎は、中川左兵衛とは昵懇の間柄であった。盲目の武士を藩主に推挙したのは左兵衛に相違ないと推察した。これは面白い、と独心斎はいつになく晴れやかな面持ちで城門をくぐったのだが、そこには意外な事態が待ち受けていた。

城中では藩主水野監物を初め、家中《かちゅう》の主立った者が居並び、今日は見ごたえのある試合になりそうだ、と固唾《かたず》を飲んで見守っている。柚木敬之進と藩主から披露された男がすでに裃《かみしも》姿で端座している。この者があの盲目の武芸者であった。意外に若々しい青年武士である。互いに名乗り合って、いざ勝負、と場所を替えようとしたその時、「殿、しばらく!」

と大納戸役の左兵衛が末座から声を掛けた。もはや、両者の勝負は決したものと述べ立てた。推挙した敬之進は気において、すでに独心斎極意の夢想剣を破っていると申し立てる。抜きもしない腰のものに早、その証拠が見えているという。監物は無論のこと、居並ぶ一座の者はこの暴言に呆れた。しかし、この左兵衛の言がでたらめでないことを一堂はすぐ知ることになる。

当人同士は暗闘が続いていた。静粛な殺意と剣鬼の火花を散らしていたのである。両人が携えている脇差しにその勝敗はついていた。敬之進の白刃は冴え渡っているのに、独心斎のそれは抜いたと同時にくもりが走った。

数刻後、左兵衛宅を訪れた独心斎は「不思議なこともあるものだ。あの柚木敬之進なる人物は何者であるか？」と訊ねた。剣術上の疑問を解こうとするものである。「尋常に立ち会って、おそらく、彼に勝ちうる者はおるまい」と左兵衛は言う。

不覚にも、妖気漂う敬之進を殿のお傍に近づけてしまった、と左兵衛は独心斎に述懐した。その告白によると、ある用向きの帰路、左兵衛は偶然にも真剣試合の場に行き合った。その一人は盲目の剣士である。妖気を発した白刃は攻撃をかわして、相手を叩き斬った。これが妖剣であると見破ったのは、主君監物に推挙したあとだった。だから、不覚というのである。

敬之進は七歳にして「お家騒動」の渦中に巻き込まれ、盲目の身ながら孤児となり、その後執念深い刺客にずっと追い続けられている。彼の幼少期から現在までのことを聞くにつけ、左兵衛は彼に同情し、その剣術に惚れ込んだ。だから、主君監物に推挙する気になったのだ。監物は即座に同意した。ただ、万一を考えた左兵衛は、彼から発する不気味な殺気が剣によるものなのか、それとも当人自身のなかにあるものなのかを確かめるため、城中における試合を計画した。当人自身のなかに殺気があることを知った左兵衛は、結局、その試合を中止させたのである。

しばらくして敬之進は左兵衛の娘きぬを恋慕していた沢村清四郎に挑まれる。清四郎は自分から心が離れていくきぬをみるにつけ、敬之進を恨むようになっていた。清四郎は敬之進に敗れた。果たし合いとはいえ、敬之進にどのような詮議立てがあるのか、左兵衛は戦々恐々の思いで幾日かを過ごした。

しかし、その咎《とが》めがないことを知った左兵衛はかねてよりの「思い」もあり、敬之進の居を松応寺から中川家へと移させた。彼が岡崎に滞留してから一ヵ月近くなったころのことである。中川家では別棟の離れを用意し、特別な待遇で迎えた。身の回り一切を娘のきぬに任せるほどのもてなしようだった。彼が移り住んで二日目のこと、左兵衛はこの日に事を運ぶ決心をする。夕刻、きぬが「湯殿へ案内いたします」と敬之進に風呂を勧めた。湯殿に案内された彼は脱衣場で衣服を脱ぐ。当然、一人になったと思った彼の顔から血の気が引いた。きぬも同じ脱衣場に残ったことを知ったからである。秘めやかな衣擦れの音を残して男女は着物を脱いだ。そして、きぬは羞恥心を押し殺すようにして、彼の手を取り、湯殿に入った。

湯船につかった敬之進はさすがに警戒心を解いて、自分の生い立ちをきぬに語るほどになる。その後、彼女に背中を流してもらう。彼の二五年の生涯のなかでこれほどおだやかで、ゆったりした気分の日はなかっただろう。その時、左兵衛は湯殿の外にいた。羽目板の隙間から敬之進の背中をめがけ槍の先を突き立てた。槍は彼の背骨を打ち砕いた。

「盲刃」は一九五五(昭和三〇)年八月発行の光文社刊『面白倶楽部』(一九六〇年廃刊)に掲載された作品です。単行本として刊行された『短編集』のなかにも収録されています。文庫本としては、一九九七(平成九)年二月に徳間書店から出版された剣豪短編小説集『秘玉の剣』に収められています。

この作品は剣豪小説のなかで、いわゆる「妖剣物」と呼ばれているものです。第二八回(一九五二年下半期)芥川賞を受賞したデビュー作「喪神」を髣髴《ほうふつ》とさせるものです。「大和多武峰の山奥に隠棲した剣客瀬名波幻雲斎は、諸国に名を轟かせた妖剣(夢想剣)の奥義を一人の若者に伝授したが、別離にあたってその彼によって斬殺される」というのが「喪神」の話です。「盲刃」も大変よく似たストーリーの運び方です。世に希なる剣術の使い手の登場、その剣士の妖しい剣捌き、若くて美しい娘の出現、あっと言わせるラストシーン。とにかく、理屈抜きで面白く、痛快な物語です。

五味康祐といえば、前述したように柳生一族を扱った作品で知られていますが、一九五六

（昭和三一）年から『週刊新潮』に連載された『柳生武芸帳』が人気を博し、「五味の柳生か、柳生の五味か」といわれるようになりました。新しい時代小説、剣豪小説の旗手とも評されました。ただ、五味の好む剣士・剣客には本能的に身を処する人物が多く、天真爛漫、自由奔放な描き方とともに、一方であまりにも非現実的な、妖気漂う主人公が描かれています。私人としての五味の性格や無頼漢としての生活ぶりや人間観、死生観などの現れだともいわれています。そこが面白いという人と、そうではないという人とに評価が分かれるところです。

さて、この作品に登場する盲目の剣士柚木敬之進も、このような人物設定によって描かれています。盲目というハンディを抱えているがゆえ、その不可思議性・超越性・妖気性がさらに強調されています。参考までにそんな箇所を原作より二つ三つ抜き書きしてみます。

（六左衛門が門弟たちと道を歩いている時、敬之進とすれちがう場面）

相手のとび退ったのは、二度とも、夢想流の間合をピタリと測っていたからである。夢想天流は抜き打ちを極意とする。その技の優劣は、一瞬の「気合」と「間」によって決する。いってみれば相手は、こちらが絶対技を仕かけ得ぬ距離をおいて、身をひいたのである。

息をのんで、見守る満座の中に、しずかに白刃を顔に近づけ、敬之進は、一度、すーっと虚空を切って、手応をはかり、それから鋩先《きっさき》を立てたまま、剣の神韻に聞き入る如く呼吸を潜めて、……暫時。

『備中の初代家次。』

見事に当てたのだった。

（主君監物の所蔵する刀名を当てた場面）


即ち盲目の武士の剣は、相手を斃《たお》すとき自らの殺気で曇る。妖しいこの秘剣を知った者が若し盲人と立合えば、盲人の刃が曇ったと見た瞬間、斬られているわけである。然《しか》も盲人には、己れの太刀に不思議なそんな曇りの走るのは見えまい。当人は知るまい。

知らず妖気の剣を振う青年・柚木敬之進――

（左兵衛が独心斎に崖っぷちでの真剣勝負の様子を語っている場面）


敬之進はラストシーンで左兵衛の突き立てた槍で背骨を打ち砕かれ、死をむかえるのですが、この一突きによって彼は非現実から現実の世界へ引き戻されたとも読み取れます。つまり、非業の死を遂げることによって、長年彼を苦しめてきた「邪念」の世界から解放され、ほんの瞬きの間だったとはいえ、きぬとの人間的な触れ合いが果たせたからです。おそらく、敬之進の死に顔はおだやかなものだったでしょう。ひょっとすると、微笑さえ浮かべていたかもしれません。

「邪念」とは？　前掲の「喪神」のなかで、作者は幻雲斎にこう語らせています。「世に、邪念というものはない。強いて求むれば、克己、犠牲の類こそそれである。愛しえぬ者は憎むがよい、飢えれば人を斃しても己が糧を求むるがよい。守るべきは己が本能である。欲望を、真に本来の欲望そのものの状態にあらしめることである」

＊五味康祐「盲刃」徳間文庫『秘玉の剣』（一九九七年　徳間書店）
〈参考図書〉
・五味康祐「喪神」新潮文庫『秘剣・柳生連也斎』（一九五八年　新潮社）

柴田錬三郎「運命峠」の秋月六郎太

「運命峠」は本格的な剣豪小説であるとともに、伝奇小説・恋愛小説・青春小説の要素を含んだ大浪漫長編時代小説です。一九六二（昭和三七）年に新潮社より刊行されました。時代・歴史小説ジャンルを苦手とする私のような者からしても、大長編にもかかわらず一気に読めてしまう作品です。ハラハラドキドキの物語展開、さまざまな登場人物たちの人間模様、そして何よりも面白いのは作中、何ヵ所にも織り込まれた剣劇場面の数々です。おそらく、剣を用いた対決場面の迫力・緊迫感の多さでは他の作家の作品も含め、群を抜いたものだと思います。この作品が「これぞ、柴錬《しばれん》小説の粋だ」といわれる所以《ゆえん》です。もちろん作品はフィクションであり、荒唐無稽・奇想天外な場面も多いのですが、いつの間にか物語世界そのもののなかに引き込まれていってしまうという点では、やはり面白い小説です。

大坂夏の陣で落城寸前の大坂城から、豊臣秀頼の寵愛を受けていた桂宮蓮子《かつらのみやれんこ》とその子秀《ひで》也《なり》は侍女（ささ香）らを伴い南の果ての地に落ち延びた。隠れ里は江戸から遠く離れた九州天草の地であった。追っ手の目から逃れるため、幼子を伴い夜、小舟でこの地を離れ、島原へ渡ろうとした。しかし、主従は離ればなれになってしまい、さらに秀也は母親とも引き裂かれてしまった。母子《おやこ》の行方を追っていた徳川方は遂に秀也の存在を突きとめ、柳生但馬守宗矩《むねのり》配下の隠密や忍者に追跡・捕縛を命じる。その後、さまざまな人たちの手にその運命が委ねられることになった。

一方、己の生きる道を求めて諸国を放浪していた孤高の青年剣士秋月六郎太は偶然のことから秀也らの行方捜しにかかわることになった。六郎太は出生の秘密を背負い、生きる目的を失いかけた虚無の色濃い剣豪であったが、豊臣秀頼の遺子秀也を育てあげることに己れの生きる目的を見いだすようになる。自分が生まれた武蔵野に彼を伴い、秀太郎と改名させ育てることにした。しかし、秀太郎は宗矩のもとに囚われてしまう。秀太郎の身を賭けて無敵の夕陽剣を体得した六郎太は、将軍家光の御前で剣鬼宮本武蔵との決闘に臨んだ。

この間、六郎太に仕える好人物の忍者（千里運天）、豊臣家をして再び天下を取らせる野望を抱いている危険な忍者（指無し七兵衛）、柳生一門、ライバルとして対峙する剣鬼宮本武蔵、しきりに暗躍する徳川の忍者、その他血気にはやる若者（漢家小太郎）と最期を迎えるまで六郎太を思慕し妻となった小太郎の姉（千早）、これらの人物たちの生きざまを常に見守る禅僧（天下道人）等々、多彩な登場人物たちが蓮子・秀也母子の救出にかかわりながら、全編にわたって波乱万丈・痛快無比の物語を展開していく。

「この作品で何よりも面白いのは剣劇場面だ」と書きましたが、前・後編を通していったいどのぐらいのページが割かれていることでしょう。主人公秋月六郎太に関するだけでも、さな香・千里運天から始まり、宮本武蔵との御前試合に至るまで緊迫感あふれる対峙・対決場面の連続です。その他、歴史上よく知られた柳生宗矩・十兵衛父子《おやこ》にかかわる場面や、忍者・隠密同士間での抗争等々を含めると数限りなくあります。もちろん、ここですべての場面を紹介するわけにはいきませんが、原作よりいくつか抜粋することで、臨場感あふれる登場人物たちの息遣いの一端を味わってみたいと思います。

おのれたちをとりまく一切のものを無にかえして、いくばくかの間、両者は、石像と化したごとく微動だにしなかった。

突如。

「ええいっ!」

天を裂き、地を響かせる凄じい気合もろとも、只四郎は、その五体を、宙に躍らせた。

むささびに似て、むささびよりも迅く、只四郎は、六郎太の頭上を飛んだ。

飛びつつ、突き出した只四郎の白刃と、抜きつけに薙ぎはらった六郎太の一刀が、二本の稲妻が走るように、地上五尺の空間を、交叉した。

次の瞬間、両者は、その位置をとりかえて、ぴたっと、むかい立っていた。

只四郎は、柳生流秘剣、猿飛びをつかったのだ。

六郎太は、岩つばめを斬る迅業をしめしたのである。


(六郎太と柳生隠密の只四郎との対決場面)


一気に、斜面をかけ下った駿馬は、かるがると、小川をとびこえた。

せつな——。

くさむらの中から、びゅっと、投げられた白球が、馬の長面へ当って、炸裂した。

もおっ、と噴いた白煙にむせた馬は、はげしくいないて、棹《さお》立った。

兵法者としては、いつ、いかなる場合においても、不意の襲撃に対する反射神経の備えがあるべきであった。

不用意にも、心を憂悶の中に沈めていた六郎太は、白煙に、顔を打たれてから、地上へとんだ。

そして、すっくと立った瞬間、――

「不覚!」

と、うめいた。

白煙は、猛毒であった。

まなこは、つぶれていた。

もし、のどに吸いこんでいたら、窒息していたに相違ない。

かっと、みひらいた双眸は、わずかに。黒か白か、おぼろに見わけられるだけであった。

(指無し七兵衛から投げつけられた白球の煙を顔面に受け盲目となった六郎太)


六郎太は、すらりと鞘走らせると、青眼につけた。

たちまちに、その姿は、神気冴えて、運天の息をのませた。

(中略)

一瞬――。

六郎太の五体が、宙に跳躍した。

声なき気合を発して、一颯の刃風を、宙に送って、二間のむこうに、ぴたっと、降り立った。

運天は、なにか云おうとしたが、声が出なかった。

（中略）

盲目という、兵法者にとって最大の不運に遭って、六郎太は、これにいささかも絶望せず、みごとに、心眼をひらいたのである。

——ああ、よくぞ！

運天は地べたに、坐った。

そして、ぐすんと、すすりあげた。

六郎太は、降り立った地点で、なお、宙の一点へ、かすむ眸子《ひとみ》をすえていたが、こんどは、満身からの気合を噴かして、

「えいっ！」

と、剣を、ひと振りした。

きえーっ、と宙に鳴った白い光芒は、地に吸いこまれるごとく、消えた。

とたんに——。

紅葉した樹の上から、ころころと、三四羽の雀が、ころげ落ちて来た。

六郎太の気合にうたれて、気をうしなったのである。

（盲目の身となった六郎太が武蔵とたたかう前に稽古している場面）

武蔵の口から――いや、満身から、名状しがたい叫びが噴いて、その長剣は、六郎太めがけて、閃光と化して、降った。

瞬間――六郎太もまた、鋭い一声を、全生命をこめて発しつつ、身を沈めざま、おのが白刃を、電光のごとく、はねあげた。

刃金と刃金の噛みあう――あたかも、白刃が――個の生命をもったもののように、鋭い絶叫をほとばしらせるや、その一本の方は、まっ二つに切断された。

高く宙にはねとび、きらきらときらめきつつ、遠くへ落下して行ったのは、妖刀村正の方であった。

六郎太の無銘剣は、敵刃を断ちざま、つばめがはねかえるように、ぎらっと閃いて、武蔵の膝へ、がっとくらいつき、骨を噛んで、そこで、ぼきっと折れた。

「うっ！」

うめきつつ、武蔵は、腰の差料を抜きつけに、六郎太の脳天へ、斬りおろした。

かわすいとまもなく、六郎太は、小太刀を抜いて、これを受けとめようとしたが、武蔵の豪刀に、たまらず、受け損じて、左腕上膊をしたたか、殺《そ》ぎとられた。

（徳川三代将軍家光の面前で六郎太と武蔵が最後の決戦に及んだ場面）

少々、長めの紹介になってしまいましたが、実にテンポのいい、あざやかな剣劇・決闘場面の数々です。一気に清涼飲料を飲み干した時のような、あの爽快感さえ感じます。

さて、この作品のなかで盲人はいつ、どのようなかたちで登場するのでしょうか？　実は前編の最後の方「めくら杖」という章でやっと登場します。それは主人公ではなく、桂宮蓮子が武州（現在の東京都）西境の小仏峠から府中宿まで籠に乗せられて連れてこられたところです。しかも、憐れなやつれ果てた盲女として描かれています。九州島原の地で悪鬼指無し七兵衛から秀也を奪われ、蓮子は谷底に墜落し、一命は取り留めたもののその際、目を失ってしまったという設定になっています。

主人公秋月六郎太は本文中の引用でも触れているように、猛毒の白煙を顔面に浴び、目が見えなくなってしまいました。その後、武蔵と闘うまで運天による必死の看病（目に効くという薬草を求めて日光へ湯治に行く）などによって、薄明状態にまでは回復します。しかし、完全には治癒しないまま武蔵や豊臣の残党らと生死を賭けて闘うことになるのです。鷹野原での壮絶な死闘が繰り広げられました。

この作品のなかで、桂宮蓮子は盲目の身となることにより、さらに彼女の薄幸さを浮き上がらせることになります。一方、秋月六郎太は「心の眼」を開くことで無私・無心の境地を会得し、清廉潔白な剣にさらなる磨きをかけ、兵法者としての奥義を極めていきます。

ところで、日本の武道は今でも「武士道精神」が重んじられています。「気」とか、「間」

とか、場合によっては「無」などという言葉も登場します。例えば、大相撲における土俵上での所作一切や、さまざまな武道の稽古・試合などにおいてもその影響が強く現れています。これらの言葉に象徴されるような目には見えない、耳にも聞こえない精神世界を大切にしているように感じます。

再び、小説世界に戻ります。「運命峠」の秋月六郎太に限らず、ほとんどの剣豪がこの精神世界に生きています。「心」の在りようや変わりようが、剣の道の象徴として特別に描かれています。その精神性が強調されるなかで、物事の真実の姿を見抜く、鋭い心の働きを表すとされる「心眼」という言葉が頻繁に使われるのも無理からぬところだと思いました。

最後に、「剣豪ヒーロー像」から見えてくるもののなかで、少々気になる点について一つだけ触れてみます。剣が持つ特性のようなものが、いつの間にか一人歩きしていく問題についてです。文芸評論家の秋山駿は新潮文庫版『運命峠』（一九八五年　新潮社）の解説のなかで、「時代小説の面白さは剣を描いているところにある」と言っています。さらに、「剣戟場面こそ時代小説の、いわば地の塩だ」、「剣を描いての真面目と荒唐無稽とは一歩の差に過ぎない」と述べています。私もそう思います。ただ、そこにはある種の「落とし穴」があることも忘れてはならないと思います。例えば、尾崎秀樹は『大衆文学論』（一九六五年　勁草書房）のなかで「剣客のスーパーマンぶりが大衆にアルコールの持つ陶酔と快感を与えたことはほぼ推測されるし、事件の因果律や、人生の自然性を芸術的に追求することをかならずしも望まない。（中略）大衆は、リアルを無視したロマンチシズムに双手をあげてよろこぶ。筋が直線的でテンポが早く、大衆の愛着をつないで来たのも当然であろう」と剣豪小説《チャンバラ》の麻薬性に注意を喚起しています。

半世紀以上前に発表された見解ではありますが、今、立ち止まって再度じっくり考えてみる問いかけでもあると思いました。

＊柴田錬三郎「運命峠」新潮文庫『運命峠』前・後編（一九八五年 新潮社）

中山義秀「塚原卜伝」の玉路

私が塚原卜伝を架空の人物だと思い込んでいたのは、いったいいつごろまでのことだったのでしょうか。卜伝が突然斬り込んできた宮本武蔵の木剣をいろりに掛けてあった鍋の蓋で受けとめたとか、徳川将軍家の兵法指南役として仕えた柳生但馬守宗矩《むねのり》のところに他流試合に赴いたとか、生涯、何度も真剣勝負に臨んだが、一度も刀傷を負ったことがないというような話など、明らかに史実とは違うエピソードや、荒唐無稽な逸話がいくつも残されている人物だったからです。武蔵・宗矩と卜伝とは時代が全く異なる人物なので、それぞれ出会ったりすることはないはずです。そのほとんどが後世の講談などによって作り出された話のようです。

卜伝は戦国時代に活躍した実在の人物です。剣聖と呼ばれた卜伝は略年譜によると、一四八九（延徳元）年に鹿島神宮の神官卜部（吉川）覚賢《あきかた》の次男として、常陸国鹿島（現在の茨城県鹿嶋市）に生まれ、六歳ころに塚原安幹《やすもと》の養子となり、名前も新右衛門高幹《たかもと》と改めました。一六歳で武者修行のために諸国遍歴の旅に出掛け、その後、鹿島神宮に籠《こも》って「一の太刀」を考案し、「新当流」を開きました。後に将軍となった足利義輝・足利義昭にも剣術を指南したとされており、武田家で軍師となり、川中島の合戦で討ち死にした山本勘助も弟子の一人だったといわれています。それからもたびたび旅に出かけ、文字通り兵法者として剣に生きる人生を全うしました。一五七一（元亀二）年に死没。享年八三でした。

さて、小説ではどのように描かれているのでしょうか。幾人かの作家が卜伝のことを書いています。私は中山義秀の「塚原卜伝」を選んでみました。若き日の卜伝を初め、盲目の美少女が登場し、戦国の乱世を生き抜いてきたさまざまな人々（歴史上の人物も含め）の人間模様を身近に感じることができ、敵味方、虚々実々のかけ引き場面など、大変面白く読める作品です。ここでは盲人にかかわる時代・歴史小説のなかから選んでいるので、自ずと範囲が限られてしまいます。私がテキストとして選んだのは、『新編中山義秀自選歴史小説集』（一九九七年　宝文館出版）の第七巻と八巻です。第七巻が「塚原卜伝」前編で、八巻が後編になっています。文庫本でも『塚原卜伝』（一九八九年　徳間書店）として刊行されています。

コンパクトにはなりましたが、一冊が五六五ページという長さの文庫本を手にしてみると、さすがにその凝縮された重みに圧倒されます。これは余談ですが、物語の切れ目をはっきりさせるには、単行本二冊を読んだ方がよさそうな気がしました。ちなみに、初出は一九五六（昭和三一）年三月一日から『産経時事』夕刊に連載されたものです。

この物語は足利政権の末期、卜伝がまだ塚原新右衛門高幹と名乗っていた若いころの話である。京の祇園祭が数日後に迫ってきた旧暦六月の夕暮れ。鴨の河原に面した七条の畔。とある武家（後に足利政権奪還を図る黒幕的存在の波々伯部《ははかべ》兵庫の道場。七、八人の若者が互いに木刀を取り、稽古に励んでいた。そのなかに一六、七歳の片目の少年が交じっている。小柄な体躯ではあるが、道場内では格段に強い。その名を山本勘助といった。その稽古を見物している一人の男がいた。若き日の卜伝である。その後、半生をともにする勘助との運命的な出会いであった。

そのころ、塚原は盲目の美少女玉路《たまじ》（箏の名手）と京の深草で暮らしていた。行方知らずの父親を一緒に捜すためだ。しばらくしてから勘助もこの家を訪れるようになり、玉路とも親しくなる。公方の御所に奉公すれば父親の行方も捜しやすくなる、という波々伯部兵庫の勧めや、いつまでも塚原の厄介になっていてはは申しわけないという気持ちが働いて、玉路は御所奉公に上がる。或る晩、玉路は眠れぬ公方のために箏を弾くように、と命じられる。その時、御所に賊が忍び込み、公方は寝込みを襲われた。何も知らない玉路は箏を弾き続けるが、公方は刀傷を負い、命を落とすところだった。箏の音で賊をおびき寄せたと勘違いする公方に斬り殺されそうになった玉路。実は公方の命を狙った波々伯部兵庫らの企てであった。公方暗殺に失敗した兵庫らは京の地を追われることになる。巻き添えを食った玉路は助けられたが、その後諸国を流浪する身となった。

玉路と離ればなれになった塚原は旅の途中で、前公方の側室お清の方の危機を救ったり、山賊の女房の辻を助けたりした。彼女らと別れた塚原は玉路の行方を訪ね歩く。

それから十数年の歳月が流れた。千日にも及ぶ難行苦行の末、編み出した秘剣「一の太刀」を会得した塚原は、その後、廻国修行中に筑波山上で師匠ともいうべき松本備前守尚勝の愛娘お縫《ぬい》に慕われたり、川越の城下では再会した辻にも言い寄られたりする。その辻も夫梶原長門によって斬殺された。塚原は彼女らの「愛と死」を受け入れることなく、永遠に清らかで美しい玉路の面影を追い求めて、修行の道を歩んでいた。

関東を離れ、駿河国安倍郡に入った。そこで、偶然にも勘助と再会する。彼は仕官もせず、農家の一隅に住んで、団扇《うちわ》づくりの手内職をして生計を立てていた。そこへ山崎屋と名乗る京の油商人(後の斎藤道三)がやって来て、田辺吉次郎という若者を預けていった。吉次郎は父親の仇を討つために剣の技を磨きたいという。やがて、一緒に京へ上ることになった。吉次郎京の町で仇討相手が奈良の信貴山近くにいるらしいことを聞きつける。ある日、二人は斑鳩の里を歩いていた。とその時、中宮寺の奥まった方から微かな箏の音が聞こえてきた。『薄衣』の曲であった。もしや、と思ったが、その場は通り過ぎてしまう。最後に吉次郎は仇討を果たし、有髪のまま尼になっていた玉路も塚原によって悪人の手から助けられた。

塚原は玉路の手を、握りしめて、

「拙者は近頃、心寂しゅうてならなんだ。兵法の道に進めば進むほど、心細うなってならぬ。そなたに会うて、俄に心が明るうなったぞ。（中略）もう一度、田代殿を尋ねて、そなたの眼の療治を、頼もうではないか」

「はい、お前様さえ、そうお望みならば。でも私には、このままでもお前様の顔が、よう見えるぞい、ほら、このように」

玉路は塚原の顔を両手で押さえ、正面にひたと両眼をすえながら、久遠の微笑をもらした。

これで長い、長い物語は終わりました。

では、これほどまでに塚原から愛されていた玉路とはいったいどのような女性《にょしょう》だったのでしょうか。その容姿・言動などを作中より拾い上げ、「玉路像」を浮き上がらせてみたいと思います。原文より何ヵ所か抜き書きしてみます。

塚原はたてられた薄茶を、口にふくみながら、いたわしそうに相手を見た。相手は、十四、五歳の少女、物がはっきりと見えない様子である。長い睫《まつげ》毛のそろった美しい瞳が、かすんだように灰色にうす曇っている。

彼女は左右両鬢《びん》の毛を短く剪《き》っていた。一人前の娘になったという、元服のしるしである。

腰はほそく撫で肩で、手足がすらりと伸びている。盲《めしい》でさえなかったら、どこの姫君といっても恥ずかしくない優姿だ。

彼女は、何者にもとらわれず、何者にもさまたげられない。十本の指の下から湧きおこる、微妙な音の潮騒に没入して、我を忘れている。まさに、無念無想といった形だ。

（塚原を前にして玉路が箏を弾く場面。直後、塚原の刀が彼女の目の前を走る）

「誰を信じることも出来ないし、何者に頼ることも出来ない。それ故私は剣の道に生き、そもじは箏の道に生きる。それぞれの道を守るよりほかに、安んじて生きてゆく手だてはない。公方や管領に生れたとて、その通りだ。玉路、眼が見えずとも、身の不幸を歎《なげ》くまいぞ」

（十五歳の玉路に向かって塚原が戦乱時代の処世術を説いている場面）

塚原が黙っていると、

「無心の者には、眼が見えずとも、何事もよく解《わか》ります。私は喜んで先生に斬られようと思い、わざと穏《おとな》しくして居りました」

玉路は塚原の考えているより、ずっと大人であるらしい。

（塚原が玉路の眼前で刀を振り下ろし、彼女の内心を探ろうとした後の場面）

玉路はおぼろにしか感じられぬ眼を、二人の方へさしむけ、

「眼の見えると云う事は、不幸でありまするな」

「なぜで御座る」

「合戦を見ることは出来ても、身の危険は見ることはできませぬもの」

（塚原と勘助が大文字山麓で九死に一生を得たことを玉路が心配する場面）

彼は白昼にあってもなお暗い、闇の中に生きている可憐な玉路を思いだした。真昼に星が見えないように、彼女は永遠に太陽を見ることが出来ない。心の太陽を彼女は何処

に捜しているのであろう。

（勘助が目の見えない玉路のことを心から不憫に思う場面）

盲目の玉路には、形の美醜は分らぬかもしれないが、心情の美醜はわかる。塚原の男らしさは、彼女の心をとらえた。塚原には他人の不幸を、自分の身に分け持とうとする優しさがある。

その一面、勝負に命を賭けている男の決断と、非情な冷やかさがあった。

引用部分は玉路に関係するところがほとんどでしたが、もちろんこの物語の主人公は塚原卜伝です。昼夜を分かたず剣術修行に励む卜伝の姿や、潔癖で気高い精神にはある種の感銘を受けます。と同時に、この物語のヒロイン玉路もその上に重ねることができます。過酷な運命に苛《さいな》まれながらも最後まで卜伝への思慕の情を忘れず、純粋な愛を貫き通しました。作中で塚原に「私は剣の道に生き、そもじは箏の道に生きる」と言わせているように、戦国の女性としてりっぱに生き抜いたのでした。この作品では、塚原をめぐる女性、とりわけ凛とした盲目の玉路を描くことによって、塚原の人物像がより印象深く浮き彫りにされています。ややや類型的に描かれていると感じるところもありますが、盲女性の側から戦国の乱世を、そして「武士道」の何たるかを見据えるのも面白い読み方だと思いました。作中にもありますが、武道歌「卜伝百首」のなかから二つの歌を紹介して、そっと物語の小窓を閉めることにします。

もののふは女に染まぬ心持て　これぞほまれの教なりける
学びぬる心にわざの迷ひてや　わざの心の又迷ふらむ

＊中山義秀「塚原卜伝」『新編中山義秀自選歴史小説集』第七巻・八巻
（一九九七年　宝文館出版）

二　「仇討・復讐物」のなかの盲目武士像

まえがき（二）

仇討《うち》（敵討）は基本的に子が親の仇を討つなど、目上の血縁関係にある者のための復讐を指します。古代からおこなわれていたようですが、主には武士が台頭した中世期からの慣行であり、江戸期に公的な制度として法制化されました。もちろん、江戸時代においても殺人は犯罪でした。ただ、「加害者」が他国（藩）へ逃亡した場合など、犯人を捕らえるのは容易なことではありません。そこで、公的機関である幕府や藩が「被害者」の関係者に、「加害者」の処罰を委ねる形式をとることで、仇討が認められました。幕府や藩にとっても、喧嘩両成敗を補完する方法として都合のいい制度だったわけです。また、武家の当主が殺害された場合、その嫡子が敵相手を討ち倒さない限り、家名は継承できないという慣習も一般的でした。

このように江戸時代の仇討は、公的に認められているなかでの復讐劇であり、当時の道徳規範の中心でもあった儒教思想や武士道精神とも絡み合って、武士の意地・面目であるとされていた点にも大きな特徴があります。しかし、この形式（仇討制度）と実態（仇を討つ者・討たれる者など、個々人の問題）との間には、大きな葛藤や矛盾が生じました。特に、決行のために長い歳月を要したり、途上で病気になったり、障害を負ったりした場合は、文字通り地獄のような毎日を送らざるを得ませんでした。

これから紹介する五編の作品にも見られるように、討つ方・討たれる方のいずれか、あるいは双方が無惨な最期を遂げたり、理不尽な仕打ちに遭ったり、不合理・不条理な現実を受け入れざるを得なかったりという、実に悲劇的な結末を迎えてしまうケースが多かったようです。最初の三編（菊池寛の「ある敵打の話」・池波正太郎の「隠れ蓑」・同じく池波正太郎の「熊田十兵衛の仇討ち」）は典型的な「仇討物」で、山本周五郎の「朝顔草紙」と藤沢周平の「盲目剣谺返し」は「復讐物」と呼ばれている作品です。そこに登場する盲人たちの人生も「悲劇」としての一面を見せながらも、それぞれ味わい深いものを読者に残してくれました。

■菊池寛「ある敵打の話」の前川孫兵衛

鈴木八弥《はちや》は十七歳の春、親の敵を打つ為に、故郷讃州丸亀を後にした。つい其年の正月迄は、八弥は自分に親の敵のある事を知らなかったのである。自分の生れぬ以前に父を失った事は、八弥の少年時代を通じての淡い悲しみであったが、其父が、人手に掛って非業の死を遂げた事は、その年の正月に八弥が元服をする迄は知らなかったのである。

元服の式が終ると、母親は八弥を膝下《しっか》に呼んで、父の弥門が同藩の前川孫兵衛に打たれた次第を語って、八弥に復讐を誓わしめたのである。八弥は母の血走る眼を見た。而《しこう》して自分の身体に責任の懸って居る事を知った。

このような書き出しで始まる作品は、菊池寛の「ある敵打《かたきうち》の話」です。「いざ、敵討に出立!」という、殺害された父親の遺恨や母親の強い期待を背負わされた主人公の出発場面です。行間に一青年武士の固い決意と一抹の不安がにじみ出てくるような幕開きです。まず、あらすじを紹介します。

八弥は九歳のころから若殿の小姓をつとめてきた。元服を迎えるとともにある特定の人間を殺さねばならぬ、という緊張を伴う困難な仕事を命じられた。寛文年間（江戸時代の初期一六六一年～一六七三年）のまだ早いある年の春、彼は多度津の港から金毘羅船に乗って、ただ独り大坂をめざし復讐の旅へと出立した。それがどんなに困難なことか、わからなかったが、華やかな、人間としてやりがいのある仕事であるとも思った。船中で母親や家中《かちゅう》の者から聞き知った敵の人相を思い浮かべようとするが、その特徴は右の横顔にほくろがあるというぐらいのおぼつかないものである。どんなに強い相手なのかも全くわからない。復讐ということに多少の不安はあったが、幼年期から鍛えてきた剣術には彼なりに自信もあった。

やがて、八弥は安治川（大坂の港）に到着した。彼は大坂から京の都へと敵を見つけるために探索を続けた。しかし、その影すら見つけることはできない。ある初夏の朝、彼は江戸をめざして京を離れた。京から大津を経て瀬田の橋たもとに茶屋を見つけ、昼食休憩にと足を休めた。そこで、讃岐訛りのある酔漢武士に遭遇する。もしや敵討相手かと胸はずませたが、人違いであった。泥酔している武士は自分が敵持ちであることをしゃべり出す。しかもその相手を侮辱するような横柄な言い方だ。八弥に対しても「ひょっとしたらお前は誰か敵を討ちに行くのか。その細腕で相手を斬れるか。お前が斬れるのはせいぜい犬程度であろう」と酔いに任せての暴言を吐く。まだ若かった八弥は逆上してその武士を橋上で斬り殺してしまう。彼は初めのうち、軽率だったと後悔の念を抱く。しかし、思ったより容易に人を殺せることを知り、驚く。この出来事を境に敵討に対する恐れのようなものから解放され、一つの冒険に臨むような心持ちにもなった。その上、自分の腕にも自信が湧いたのである。

だが、敵討は八弥が最初に思ったほど、華やかで、容易なものではなかった。非常に根気のいる仕事である。その年の夏、江戸へ上った彼は、年の末まで江戸に滞留し、敵の手掛かりを求めたが、むなしい努力を続けるのみだった。次の年からは中山道を大坂に下り、山陽道を長州へ、そして北陸道を北上して二〇歳の春を仙台の青葉城下に迎えたのである。これもまたすべて、徒労に帰する旅であった。故郷の空が懐かしく思われた。

八弥が二一歳になった春、再び江戸を離れ、前橋宿に入った。脇本陣の上野屋へ草鞋《わらじ》を脱いだ。夜も更け、床に就こうとした時、廊下側の障子が静かに開いて、「お客様、あんまの御用はいかがですか」と声を掛けられた。「揉んでもらおうか」と八弥は部屋に招き入れる。全身を揉みほぐしてもらいながら八弥は無口な按摩に話し掛ける。身の上話が聞きたくなった。按摩は「三三で明かりを失いました」とぽつりと語った。八弥はこの盲人のアクセントにふと不審を抱いた。生まれはどこだ、と聞いてみる。讃岐と答えた。讃岐はどこだ、とさらに尋ねてみる。すると、丸亀だと答えた。しかも、昔は武士だったらしい。八弥の心臓は早鐘のように鳴り始めた。彼は振り向いて、盲人の顔をじっと見つめる。行燈の薄明かりではあったが、その横顔に紛れもないほくろを見いだした。八弥は右手を伸ばして、盲人の手首をつかんだ。「なんじは前川孫兵衛と申さぬか」とさらに力を込めた。盲人は初めのうち驚いていたが、すぐに冷静になった。しかし、自分の手首をつかんでいる相手が鈴木弥門の遺子であることを知り、再び驚愕する。が、その驚きは自分の身に危険が迫ったのを知ってのそれではなかった。「拙者を敵討のこと、いかにも承知いたした。さすらいの旅に明かりを失い、命を持て余しているところでござる。拙者もこれで死に花が咲き申すわ」と静かに語った。

八弥はすべてが意外であった。彼は自分の敵が瀬田で遭遇したような傲岸不遜な武士を想像していたのである。しかし、目の前に見いだした敵は蒼ざめた顔をした弱々しい姿の盲人であった。彼は強い失望感に襲われた。すると、盲人は「弥門殿の忘れ形見のそなたに打たれるのなら、思い残すことはない。ただ、ここではこの宿に迷惑がかかる」と利根川の河原へと誘う。些細なことから殺生沙汰になってしまったいきさつや、鈴木家の人々に対する敬慕の情を語るこの盲人の姿を見ていると、八弥は敵愾心のようなものが消えていくのを感じた。河原に到着し、「さあ、お係り成され」と盲人から言われても、彼は腕組みをしたままその場を動けなかった。

その翌朝河原に近い人達は、其処《そこ》に一つの死体を見出した。然《しか》しそれが盲人孫兵衛の死体である事は後で漸《よう》く判った。なんとなれば其の死体には首がなかったからである。しかもその死骸には、腹に一文字の傷があって、当人の自殺であるようにも思われた。

この物語は以上のような幕切れを迎える。その後、敵の首を下げて丸亀へ帰郷した八弥だが、どこで敵を討ったのか、いつ敵を討ったのかを明らかにしなかった。彼の沈黙に対し、一〇〇石の加増を受けたにもかかわらず、敵の首は偽首だといううわささえ立ち、臆病者とまでそしりを受けるようになった。そのためかどうかはわからないが、彼は間もなく浪人をして、故郷の丸亀を去った。

敵討は仇討とも呼ばれ、主人や親兄弟を殺した者を討ち取って恨みを晴らすことです。古代からおこなわれていたようです。江戸時代になると、「私闘」は禁止されましたが、敵討は封建的道徳や武士道的精神から黙認され、幕府諸藩から正式な許可を得さえすれば奨励されていました。めでたく成就すれば、世間からも「美談」として称賛されました。

その反面、敵を討つためにはさまざまな難行苦行が待ち受けていました。まず、討つ方は相手を特定することから始まります。人相書のようなものを懐に収めて出立できるのは幸運な方で、ほとんどが敵の容姿や容貌、顔かたちの特徴などの手がかりや記憶だけを頼りに探索への旅に出ざるを得ません。探し当てるためには途方もない年月が流れました。昼夜の別なく日本国中くまなく歩き回り、神経をすり減らす毎日が続いたのです。一年、三年、五年、一〇年……と気の遠くなるような探索行が続いても、めざす敵に巡り会えない場合がほとんどでした。しかし、本懐を遂げない限り帰郷することはできません。なぜなら、敵討ができなかったから、と故郷に残した家族や親類縁者の前で生き恥をさらすわけにはいきませんし、場合によっては「お家断絶」という憂き目にも遭いかねないからです。艱難辛苦《かんなんしんく》の末、やっとの思いで会えたとしても、めざす敵はすでに死亡していたり、年老いて重い病気にかかっていたり、あるいは障害を負っていたりするケースが多かったのです。

この作品では、たまたま投宿した前橋の宿で按摩として登場する盲人に出会い、敵討の相手として決め手になったのも特徴あるお国言葉のアクセントと、右横顔に張り付いているほくろがあったからです。広い砂浜のなかから偶然、一つの黒い砂粒を見つけたようなものです。「もはや逃れるところはない。尋常に覚悟いたせい」と初めのうちは八弥も、再び訪れることのない好機だと意気込んでいました。しかし皮肉なことに、半分死んでいるような敵相手の容貌や身の上話を聞くにつけ、その憎悪や敵愾心のようなものが徐々に薄れていき、やがて失望感へと変わっていったのです。敵を討たれる側の孫兵衛からすると、最初は驚きましたが、いつかはこのような日がやって来るであろう、とすでに覚悟はできていました。「思いのほかにそなたに巡り会《お》うて、罪滅ぼしができるのは何よりの喜びでござる」と利根の河原への途上、按摩笛（大切な商売道具）を潔く道端に投げ捨てる場面などは印象的です。

敵の首を故郷へ持ち帰ったとはいえ、八弥の残したものはいったい何だったのでしょうか。それは、一文字に掻《か》き切られた、あるいは掻き切った腹と首のない討たれ人（孫兵衛）の死体、そして絶望感にも似た討ち人（八弥）の重い沈黙だけだったのかもしれません。

やっと巡り会えた敵が重い病気持ちだったり、障害者だったりするのは「仇討物」にはよくある例です。この作品に限らず、障害者のなかでも盲人を登場させる例が多いように思われます。物語に登場させる「条件」がほぼ揃っているからだと言えますが、実際にも目を患う人が多かったのではないでしょうか。

菊池寛には「敵討（仇討）物」といわれる作品が何作かあります。第一に挙げられるのが「恩讐の彼方に」でしょう。よく知られた作品ですが、簡単にあらすじを紹介します。

市九郎は主君中川三郎兵衛の斬殺を初め、これまで犯してきた数々の悪行を悔い、名を了海と改め、出家を果たす。全国行脚の旅に出て、その道中で山の絶壁にある「鎖渡し」という難所にたどり着いた。何人もの人が命を落としていることを知り、ここにトンネルを掘ろうと決意する。穴を掘り始めて二〇年近く経ったころ、父の敵討のためはるばるやって来た実之助（三郎兵衛の遺子）と遭遇する。了海は痩せ衰え、歩くのもままならない。血気はやる実之助は敵討を決行しようと躍起となった。しかし、了海とともに働いている石工たちの説得もあり、このトンネルの完成まで待つことを約束する。それから二年後トンネルは遂に貫通した。了海（市九郎）は約束通り実之助に自らを討たせようとする。だが、敵討の心を捨てた実之助は、彼の前でただ号泣するばかりだった。

了海と名を改めた主人公は広い意味では障害者になったともいえます。実之助が現れた時には、二〇年近くにもわたるトンネル掘りのため、一人ではほとんど歩けない状態になっていました。肢体障害者といってもいいでしょう。

その他、「恩讐の彼方に」を戯曲化した三幕物の「敵討以上」、皮肉などんでん返しをむかえる三話の「仇討三態」、そして明治時代に入ってから禁止令が出され、主人公が自害してしまうという「仇討禁止令」などが挙げられます。また、菊池寛の朋友芥川龍之介にも「或敵打の話」（或の字が違うだけで同名）という作品があります。この作品は討ち手と討たれる者とが複雑に絡み合いながら敵討が展開していくという短編です。それぞれの作風の違いを味わいながら読み比べてみるのも面白いと思いました。ちなみに、菊池寛の「ある敵打の話」は『大学評論』の一九一七（大正六）年一一月号に、芥川龍之介の「或敵打の話」は『雄弁』（大日本雄弁会）一九二〇（大正九）年五月に発表されました。

＊菊池寛「ある敵打の話」『菊池寛全集』第二巻（一九九三年　文藝春秋）

〈参考図書〉

・菊池寛「恩讐の彼方に」　岩波文庫『恩讐の彼方に・忠直卿行状記 他八篇』（二〇一五年　岩波書店）
・菊池寛「仇討三態」「仇討禁止令」　『筑摩日本文学全集二一　菊池寛』（一九九一年　筑摩書房）
・菊池寛「敵討以上」　新潮文庫『父帰る・屋上の狂人』（一九九三年　新潮社）
・芥川龍之介「或敵打の話」『芥川龍之介全集』第二巻（一九八四年　筑摩書房）

■池波正太郎「隠れ蓑」の堀内某

ここに紹介する「隠れ蓑」は、『鬼平犯科帳』や『仕掛人・藤枝梅安』シリーズとともに人気のある『剣客商売』シリーズのなかの一編です。『剣客商売』は池波正太郎による代表的な時代小説で、一九七二（昭和四七）年一月から一九八九（平成元）年七月まで『小説新潮』に断続的に連載されました。その後、文庫化され、一六巻（番外編を含めると一八巻）に及ぶ超人気シリーズとなりました。数多くの作品が映画化・テレビドラマ化され、何人もの俳優・役者たちがスクリーン上・テレビ画面上に登場しました。軽妙洒脱な語りを得意とし、自由奔放に大暴れする無外流の老剣客である秋山小兵衛が主人公です。この小兵衛と後添いのおはる、息子の大治郎、女剣客の佐々木三冬《みふゆ》（大治郎の妻）らが、江戸を舞台にさまざまな事件に遭遇し、活躍する姿を描いた時代小説集です。「隠れ蓑」は同シリーズの第七巻に収められています。

ある初夏の夕暮れ、秋山大治郎は入谷田圃（現在の東京都台東区下谷）の道を歩いていた。「そろそろ、爺やがさびしがっているころでしょう。根岸の寮（別宅）へ泊まりに行ってもいいでしょうか」という妻の三冬を送って、道場へ帰るところだった。すると、夕もや煙る木立の奥から男たちの高笑いと、異様なうめき声とが聞こえてきた。何事か、と木立へ近づいてみる。貧相な身なりをした老僧が、酒気を帯びた三人の武士たちに囲まれ、試し斬りと称してなぶり殺されるところだった。大治郎はその老僧の顔を見て驚いた。二年前、駿河の国薩《さっ》た峠で盲目の武士の介添えをしながら東海道を上っていくその人だったのである。大治郎は即刻三人の無頼漢を追いはらい、老僧の命を寸前のところで救った。

大治郎は痩せ衰えた老僧を案じて、帰路の途中まで送っていったが、僧は、もうこれ以上は、と同行を断る。ひょっとしたらまだあの盲目の武士と一緒にいるのではないか、と勘を働かせた大治郎はあとをつける。通りから入った竹藪のなかの百姓家に案の定、二人はひっそり暮らしていた。それを見届けた大治郎は踵を返す。ところが、この家の在りかは先ごろの武士の一人にも見つけられていた。三人の武士たちは下谷白井道場の門弟たちで、一人は旗本で、あとの二人は別の旗本の息子どもである。大治郎の出現に尻尾を巻いて逃げ出した彼らは、その恥辱・遺恨を晴らそうとあの乞食坊主を人知れず殺害する企てを立てていた。

秋山小兵衛は大治郎から一通り話を聞き終えて、自分と同年配らしい盲目の人物と老僧に深い関心を寄せた。感動すら覚えたのである。密かにその姿だけでも見たくなった。ある日、二人が隠れ住んでいる百姓家を訪れ、そこで三人連れの武士を偶然にも目撃する。

わが家に帰った大治郎は、「この文を見たら、すぐ例の百姓家近くの荒物屋まで来たれ」という小兵衛からの結び文を受け取る。大治郎が荒物屋に駆けつけた時は、すでに夜だった。そこで「三人の武士たちの正体がつかめた」と小兵衛は言う。大治郎は驚く。「いずれにせよ、奴どもが坊さんと盲目の浪人に何か仕掛けるとすれば、深夜か明け方じゃ」と彼らがやって来るまでここで待機することになった。

　真夜中、三人の武士たちはやって来た。が、待ち伏せしていた荒物屋の前からではなく、裏手の道からであった。「人殺し！」と叫ぶ老僧の声を聞いた二人は、すぐさま百姓家へ駆け込む。二人の武士を斬り捨てた父子は家のなかに飛び込んだ。

　秋山父子が飛び込む前に、盲目の浪人は家の外に忍び寄る不穏な気配をすでに感じていた。家のなかに侵入してきた狼藉者《ろうぜきもの》の太腿を脇差で斬りつけた。力尽きた盲目の浪人は、間もなく老僧の腕のなかで息絶えたのである。老僧は父子に語った。「二八年前に、今ここで息を引き取った人の父親を手に掛けてしまった」と。その後、逃亡を続けた老僧は一一年目の年、東海道白須賀《しらすか》（現在の静岡県湖西市白須賀）の宿はずれで偶然にもこの人に出会った。尾行しながら敵討の相手を返り討ちにしてしまおうと思ったが、そのうちに不思議な情が湧いてきて、結局十年余の年月が流れた。「このお人は苦しい旅を続けるうち、ついに体をこわし、目も見えなくなりました。私は何度も名乗り出て、首を討たれてやりたい、とさように思いました成れど……」と老僧は堪えきれず、嗚咽《おえつ》した。敵討の相手であることを告げられず、今日まで体の衰えた盲目の浪人に対し、同情・悔恨・自責の念にさいなまれていた。これですべてが終わった、と老僧は静かに唇を閉じる。「いかようになされようとも、かまいませぬ」と潔く頭を垂れた。が、秋山小兵衛は「あとは我らにて始末いたそう」と老僧をその場から立ち去らせた。

この物語は大治郎とやつれ果てた貧相な一僧侶との思いがけない再会場面から始まり、この老僧が最後には浪人風の盲目武士とともに秋山父子によって、無事救出されるという結末を迎えます。が、皮肉なことに盲目の武士は事件直後すぐ息を引き取ってしまいました。しみじみとした情感が読者の胸を打ちます。

大治郎から老僧の話を聞いて、すぐ動き出す小兵衛の様子を見ると、小気味好い行動力についてはもとよりのこと、鋭い「勘働き」や思慮深いやさしさにも心が引かれ、大いに魅力を感じます。また、老僧救出劇に臨んで小兵衛の指揮のもと、息の合った二人のやりとりや機敏な動きを目の当たりにすると、すがすがしさすら感じました。

ここまで、秋山父子の心を動かす原動力とは、いったいどんなものだったのでしょうか。それは、二八年にも及ぶ盲目武士と僧侶との旅路における、言葉には言い尽くせないような艱難辛苦《かんなんしんく》に対する深い憐憫の情であり、長年敵討相手として呵責《かしゃく》の念にさいなまれてきた老僧に対する心底からの思いやりだったのです。その思いがラストシーンによく表れています。

「このお人の亡骸は、ひとまず浅草今戸の本性寺へ葬っておきましょうゆえ、月日がたったのちに、まいられるがよい」

「は……はい。かたじけのうござる。かたじけのう……」

秋山父子を伏し拝み、とぼとぼと木の間に消えていく老僧を見送り、小兵衛も大治郎も顔を見合わせ、溜息を吐くのみであった。


そして、小兵衛が大治郎につぶやく、最後の場面が実に印象的です。


荒れ果てた前庭の一隅に、常緑の喬木が淡黄色の小さな花をつけているのを見つけた小兵衛が、

「ほう……かくれ蓑が花をつけたか」

「かくれ蓑……？」

「あの木のことよ。人は、そう呼んでいる」

「ははあ……」

「あの花が咲くと、まもなく暑い日がやってくるのじゃ」


淡黄色の小さな花はあまりにも哀しい、せつない死に花のようにも思えます。カクレミノという木は、木が幼い若木のころは、葉に深い切れ込みが入り、その姿が昔の雨具の蓑《みの》に形が似ているところから、このような名前が付けられたようです。表題の「隠れ蓑」からは、

崩れかけた廃屋のような百姓家を連想させます。そこに、ひっそりと身を隠すように暮らしていた二つの影が浮かび上がります。まさに、「隠れ蓑」のなかに物言わず生きていた蓑虫のような二人の姿が。

次に、この作品を盲人の側から見てみます。登場人物は盲目の浪人武士（老僧から堀内某と呼ばれている）と貧乏僧の二人となります。父親の敵討のため、長年当てのない旅を続けるうち、眼を患い、盲目になってしまった浪人。その浪人を昼夜分かたず介護する老僧。実は、いつも介添えをしてくれている僧が敵討の相手（当時は佐藤弥五郎と名乗り、今は了念と名を改めている）であることを、全くの盲目が故に、この浪人武士は知る由もなかったのです。長年の探索行のため失明し、しかもその敵相手がすぐ傍にいるにもかかわらず、全く気がつきません。それどころか、感謝さえしています。ある意味で、盲目の武士は二重三重の悲劇を背負って生き続けてきたということになります。その「悲劇」の一端が作中では次のような場面に描かれています。

盲目の浪人が、甲州の栗原の宿場にある旅籠で発病し、高熱がつづいて何度も死にかけたのち、両眼が見えなくなり、絶望の極に達し、或る夜、短刀を引き抜いて、これをわが心ノ臓めがけて突き立てようとしたとき、

「お待ち下され」

隣室に泊まり込んでいた老僧がたまりかねて飛び込み、短刀を捥《も》ぎ取った。

（中略）

「そこもとは」

「旅の法師でござる」

「短刀をお返し下されい。おかまい下さるな」

浪人はこの老僧が父の敵だとは夢にもおもっていない。

二十一年の歳月が経過しているのだ。

もちろん、この作品は敵討を題材にして書かれています。前に紹介した菊池寛の「ある敵打の話」とよく似ています。たしかに、両作品とも封建制社会が故の不合理で、不条理な敵討という復讐劇の世界を描いています。ただ、細かなところを覗いてみると、物語構成や趣きには違いがあります。「ある敵打の話」では討たれる側の人物が盲目になりますが、「隠れ蓑」に登場する盲人は敵を討つ側の人物に設定されています。また、「ある敵打の話」はストレートに敵討という題材に迫り、主題もそこに置かれています。ですから、敵討に関する読者への迫り方が直線的であり、敵を討つ側の意外な面（最後の場面など）にも、「敵討物」としての一工夫が凝らされています。一方、「隠れ蓑」は秋山父子の耳目を通して盲目の浪人武士と貧しい僧を描いたもので、仇討そのものは一つの題材であって、主題そのものではありません。だからというわけでもありませんが、敵討に関して、「ある敵打の話」は読者に主人公の感情を抑えた乾いた印象を残し、一方、「隠れ蓑」は情緒的なある種のウエットさを残しているように感じました。

＊池波正太郎「隠れ蓑」新潮文庫『剣客商売七　隠れ蓑』（一九九九年　新潮社）

池波正太郎「熊田十兵衛の仇討ち」の熊田十兵衛

池波正太郎には「仇討・復讐物」といわれる作品が数多くあります。すでに紹介した「隠れ蓑」も物語の中心は秋山父子の活躍場面にありますが、このジャンルに入れておいていいと思います。ほかに、ずばり「仇討」そのものを題材にした作品がたくさんあります。そのほとんどが短編で占められています。例えば、本編も含む八編を収録した角川文庫『仇討ち』（一九七七年　角川書店）があり、文春文庫『仇討群像』（一九八〇年　文藝春秋）には「よろいびつ」「興奮」など珠玉の九編が収められています。また、春陽文庫にも『仇討ち物語』（一九六七年　春陽堂書店）があり、七編の興味深い短編が収められています。本編は一九六七年五月号の『推理ストーリー』（現在は『小説推理』と改名）に掲載されました。なお、ここでは二〇〇〇年に双葉社から刊行された双葉文庫『熊田十兵衛の仇討ち』をテキストにしています。「仇討・復讐物」のなかでいわゆる「盲人（盲目）物」といわれる作品の一つがこの「熊田十兵衛の仇討ち」です。あらすじを簡単に紹介します。

播州（現在の兵庫県西部）竜野五万一〇〇〇石脇坂淡路守の家臣で、勘定奉行をつとめる長山主馬《しゅめ》の屋敷で年忘れの宴会が開かれていた。この忘年会の勘定役である熊田勘右衛門が、下役の勘定人である山口小助という者を満座のなかでののしった。実直な人柄ではあったが、酒が入ると自制が利かなくなる勘右衛門は、「おぬしのような奴はお家の恥さらしじゃ。今のうちにその悪い癖を直しておかないと、主君に大迷惑をかけることになる。この大馬鹿者め」といきなり小助を怒鳴りつけた。彼の「女癖」の悪さをののしったのである。小助は、剣術はからきしだめだったが、算盤は達者で字もうまかった。長い戦乱の時代に終止符を打ち、徳川の治世がおよそ一六〇年も続くと、武士も官僚化してしまう。ともすると、事務的能力にたけた人物がもてはやされるようになる。彼は主君からも重用されていた。それを鼻にかけている、と日ごろから快く思っていない勘右衛門は不服そうな顔をしている彼をさらになじった。小助は凄まじい顔つきで勘右衛門を睨《にら》みつけた。顔色は蒼白に変わっている。が、その場は堪えた。

事件は宴会が終わった帰り道で起こった。武家屋敷の塀が切れ、草原になったところから一つの黒い影が勘右衛門めがけて躍りかかった。白刃が勘右衛門の後頭部を斬りつけた。小助の仕業である。彼はすぐその場から逃亡した。

逆恨みされた、と勘右衛門の一人息子熊田十兵衛の怒りは尋常なものではなかった。十兵衛は小助と同じ二五歳の血気盛んな若者である。父を闇討ちにした小助を追って、すぐに仇討の旅に出た。一方、小助は十兵衛の追跡を恐れ、「もし、十兵衛に追いつかれたら、とても勝ち目はない」と戦々恐々の想いで、夢中になって逃げたのである。

それから二年後、小助は旅僧に身を変えて、東海道藤枝宿に現れる。ある煮売り屋の縁台に腰掛け、昼飯を食べていた。箸を置き、茶を飲みかけた時である。「あっ」と思わず声を発し、茶碗を落としてしまう。目の前を十兵衛が通り抜けていくではないか。幸いに相手は気がついていない。恐るおそる街道に出てみると、十兵衛の後姿が見える。「そうだ」と小助は胸のなかで叫んで、十兵衛のあとをつけていくことにした。自分の首を狙う相手の後ろをつけていけば、決して見つかることはない、と考えたのである。

また三年の歳月が流れた。十兵衛が故郷を離れてから五年が経ったのである。敵の小助はまだ見つからない。小助は小助で必死になって十兵衛のあとをつけていく。何とも馬鹿馬鹿しく、むなしい二人の行動だった。二人の胸底にはそれぞれ違った焦燥感と絶望感が湧き始めていた。

そして、また二年が過ぎた。そのころ、十兵衛は長年の追跡行に疲弊したのであろうか、目を病んだ。そこひという眼病である。へたをすると失明するかもしれない。何度目かの東海道を歩いていて、これはまずいと感じた。御油《ごゆ》（現在の愛知県豊川市）宿のゑびす屋安右衛門という旅籠に逗留し、ここで医者の手当てを受けた。が、とても私の手には負えない、と江戸にいる医者を紹介される。御油に滞在していた一ヵ月の間にも両眼ともほとんど見えなくなってしまった。

小助も御油宿のあたりをうろついていた。よほど眼病がひどいらしい、と十兵衛の変事に気がつく。やるなら今だ、と編み笠のなかの目を光らせた。小助の殺意は固まった。ゑびす屋の下男を雇い、十兵衛は江戸へ向かって宿を出た。小助は一足先に掛川泊まりにし、日坂宿（現在の静岡県掛川市日坂）から中山峠にかかる人気のないところで刺殺しようと腹を決めた。明日、十兵衛を殺してしまえば俺も晴れて自由の身になれる、と日坂の宿が見下ろせる山林のなかに入り、一休みした。たまたま、谷川のほとりで諸肌脱いで上半身を拭っている若い娘に遭遇する。僧侶に成りすましていたとはいえ、そこでまた悪い「女癖」が頭をもたげる。暴行しようとしたが、何者かに梶棒のような物で後頭部を殴打される。小助は気絶してしまった。殴った男は、実は盗賊団の手下で、山中に穴を掘り、小助を生き埋めにしてしまったのである。

十兵衛は翌朝、何事もなく日坂宿から中山峠を越えて江戸へ去った。それからさらに一五年の歳月が経過した。治療の甲斐あって十兵衛の眼も少しずつ癒えてきた。一人で東海道を往来できるほどに回復した。が、親類縁者の支援もほとんどなくなり、彼は人夫をしたり、道場破りなどをしながら敵討の旅を続けていた。もう五〇に近い年になっている。その年の初夏、十兵衛は江戸を発って大坂へ向かった。

　このように、この物語は終わりなき旅路を暗示した上で結末を迎えます。十兵衛は追っても追っても姿の見えぬ「亡霊」を、いつまでもいつまでも追跡しているようなもので、一方、小助は小助でその十兵衛のあとをつけながらも、実は逃げても逃げても自分に付きまとってくる影のようなものに脅えていたのです。実に馬鹿馬鹿しい話ですが、考えようによっては残酷な話でもあります。討ち手である熊田十兵衛の側からすれば、二五の歳に故郷を離れ、その後重い眼病を患い、ある程度回復したものの敵討の旅は続けざるを得ませんでした。途中からは路用（旅費）も断たれ、人夫や道場破りなどをしながらも果てしない旅を止めることはできません。気がつけば、父親の亡くなった五〇という歳に近づいていました。そこからは、封建制社会の掟に翻弄された武士たちの悲痛な叫び声や、うめき声のようなものが聞こえてきそうです。

　作中からも「恐怖のあまり、夜もろくろく眠れぬ月日を過ごしてきた」とか、「この恐ろしさは敵持ちの身になってみなければわからぬ」とか、「まるで生きている甲斐のないような明け暮れなのだが、それでいて、ああ死にたくない、何とか生きて逃げのびたい」という小助の脅えた声が聞こえてきます。また、「心にも体にも憔悴の色が濃くなってきて、ああ、このままでは山口小助に巡り会えないのではないか」という絶望感に抱きすくめられ……」とか、「頭痛めまいが耳鳴りを伴って襲い、頭髪が抜け始めた」など、十兵衛の悲惨な様子をうかがい知ることができます。しかし、敵を討つ者は、敵の首を討ち取って帰らぬ限り、その身分も職も再び自分の手に戻すことはできません。つまり、武士としては生きていけなかったのです。封建制社会のもとでは、特に、徳川幕府が日本全国を支配していた江戸時代には、このシステムが当たり前で、成功すれば「お家の誉れ」と一族郎党から称えられ、禄高を加増されたりもしました。けれども成功例は少なく、そのほとんどが悲惨な運命をたどったようです。

それにしても、この物語の主人公熊田十兵衛が味わっている悲惨な運命とは、辛苦に満ちた仇討行の末、眼病を患い失明寸前の危機に陥ったということもありますが、それ以上に、すでに他人の手に掛かって、この世にはもう存在していない敵相手の山口小助を追い続けるというところにあります。どんなに十兵衛ががんばってもすでにこの仇討は決して成立しないものになっているということです。江戸に滞在して名医のおかげで眼病はある程度治ったものの、実に皮肉な結末を迎えてしまったわけです。それだけに、ラストシーンは読者に鮮烈な印象を残しました。

その年の初夏……。

熊田十兵衛が江戸を発《た》って大坂へ向かう途中、中山峠をこえたとき、日坂の宿外れで二人の男の子の手をひき、女の赤子を背負った、たくましい体つきの農婦とすれ違った。ただ単に、すれ違っただけのことである。

この農婦が、十五年前、山口小助に犯されようとした村娘のおもよであることを、十兵衛が知るよしもない。

おもよは快活そうな笑い声をたてつつ、子供たちと何か語りながら、去って行った。

視力のうすれかかる心細さ、さびしさに泣きたいような気持ちになりながら、熊田十兵衛は、とぼとぼと日坂の宿場を通りすぎて行った。

中山峠の山林の土の底で、山口小助の死体は、すでに白骨化していた。

熊田十兵衛の「仇討劇」は実に悲痛で、非情な幕切れとなりました。では、この物語は「悲劇」なのかといえば、もちろんそうなのですが、とらえようによっては「喜劇」といってもいいような気がします。というのも、必死になって追跡行を続けているとはいえ、ただ前方しか見ていない十兵衛の表情を思い浮かべたり、死と背中合わせの逃避行をしているにもかかわらず、最後の最後で愚行を犯し、生き埋めにされてしまった小助の姿を思い起こしてみると、何かユーモラスな光景を眺めているような気にもなります。滑稽ささえ感じます。もし、この二人の行動が架空の舞台で演じられたとしたら、いったいどんな光景が再現されるのでしょうか。舞台を横断するように東海道が続いています。背景には昼間でも薄暗い山中の樹々が描かれています。前方だけを見つめて舞台の上手から下手へ、そして下手から上手へ、ひたすら歩き続ける十兵衛。そのあとをただ追い続ける小助。この舞台上でのむなしい往復行はいったいどこまで続くのでしょうか。ひょっとしたら、終わりなき追跡行になってしまうのかもしれません。これこそ、究極の「悲劇」です。しかし、究極の「喜劇」ともいえるのではないでしょうか。

※中山峠…「小夜の中山」とも呼ばれ、静岡県掛川市佐夜鹿《さよしか》にある峠。標高は二五二メートルで、古くから箱根・鈴鹿峠とともに東海道の三大難所といわれていました。宿場では金谷宿と日坂宿の間に当たります。遠州七不思議の一つで、赤ん坊の泣き声を発したとの伝説を持つ「夜泣き石」があります。

＊池波正太郎「熊田十兵衛の仇討ち」　双葉文庫『熊田十兵衛の仇討ち』（二〇〇〇年　双葉社）

山本周五郎「朝顔草紙」の文絵

「朝顔草紙」は義憤にかられた一青年武士が、ある圧政者を打ち倒すという「復讐物」時代短編の一つです。主人公は安倍信太郎という青年で、盲人として登場するのは文絵という女《にょ》性《しょう》です。「『仇討・復讐物』のなかの盲目武士たち」というテーマからすると、少々無理な選び方になってしまいました。が主人公との関係性からいえば、すでに紹介した「塚原卜伝」とよく似た設定になっています。

ある日、安倍信太郎は突然、父の信右衛門に呼ばれ、「明日、江戸を立って国（石見）の浜田まで行ってきてほしい」と頼まれる。用件は、足軽の身から国老にまで上りつめた神尾采女《うねめ》を斬って、積年の恨みを晴らしてこい、という意外な話であった。信右衛門は采女が藩にとってよからぬ人物である、と再三再四主君に進言してきたが、それが却って仇になり、一五年前に浜田藩を追われる身になり、江戸で浪々の暮らしを余儀なくされた。数年後、堀田山城守という今の主君に見いだされ、江戸詰留守居役として今日に至ったのである。そのあらましは亡き母からも聞いていたので、信太郎はさほど驚きもせず、父の話を静かに受け留めた。采女は藩政の実権を握って私物化し、秘策を弄《ろう》し藩内の民を苦しめているとのことだ。首尾よく事を運んだ暁には、褒美として僚友建部監物の娘文絵（幼いころからの許婚《いいなずけ》）を嫁に連れてきてもよい、と父は子に約束する。浜田には未来の妻がいる、と信太郎は胸をときめかせ、江戸を出立した。

浜田に着いた信太郎はさっそく、監物の屋敷を訪れる。采女暗殺計画のことは伏せて、許婚の文絵を迎えに来た、と用件を述べる。だが、監物は、娘の文絵は昨年死んだと沈痛な面持ちで答えた。信太郎は、十数年も前から結ばれていたはずの糸がぷっつり切れたことを悟る。落胆の思いは隠せなかった。翌朝、朝食の席に着いた時、信太郎は監物から盲目の娘を紹介される。亡くなった文絵と姉妹のように暮らしていた、従妹の小雪という娘であることを知る。さきほど、部屋のなかから聞こえてきた箏曲『朝顔の曲』を弾いていた娘だ。文絵と実の姉妹のように育ってきたと聞いて、信太郎は小雪に対し他人とは思えないような親しみを感じた。その後、「生きているうちに一度だけでもお目にかかりたい」と生前の文絵が小雪に語っていたことを告げられた信太郎は、夢にも現にも忘れられなかった文絵の面影が今でも瞼に浮かんでいることを話した。

監物邸に宿泊中、采女家中《かちゅう》の狼藉《ろうぜき》蛮行ぶりを目の当たりにして、憤怒を覚えた信太郎は、いよいよ采女殺害の意を固める。この暗殺計画が監物のために役立つとすれば、亡き文絵への手向けにもなると決意を新たにした。下見を重ねた信太郎は、討つなら遅い時刻で下城の途中だ、と決行の準備を進める。場所は宗念寺の塀外であった。

とうとう、その日がやって来た。雨がひと降りあった後、烈風吹きすさぶ夜のことである。采女の下城行列が、堅固な警備に守られて寺の塀の外へ掛かった。信太郎は万全の構えで竹林のなかに身を潜めている。采女の駕籠が眼前に差し掛かった時、道へ踏み出し、一槍突き込んだ。手ごたえがあった。

同じころ、建部監物は遺書を書いていた。監物も明日こそ、城中で采女を斬って自刃しようと考えていた。そこへ旅仕度を整えた信太郎が現れ、突如、江戸に帰ると言い出す。監物は狼狽する。信太郎に託したいこともすでに遺書のなかにしたためてあった。だが、出立に際し文絵の遺灰を所望し、文絵のほかに生涯、妻はないとまで言われると、さらに動揺の色を隠せなかった。信太郎が遺灰を旅嚢に収め、立ち上がろうとした時、小雪とともに同席していた乳母のかねが、おまちくださいませ、とたまりかねたように叫んだ。その遺灰は監物の姪小雪のもので、ここにいるのが真の文絵であると打ち明けた。呆然とする信太郎。盲目になった娘が文絵だとはどうしても言えなかった、と弁明する監物。そして、信太郎は……。

半時後、監物は下士の者から采女が何者かによって殺害されたことを知った。

以上がこの作品のあらましです。「朝顔草紙」は『講談倶楽部』(一九三八年一〇月号)に掲載された短編時代小説です。当時、講談社からはこの雑誌以外、『婦人倶楽部』・『少年倶楽部』・『少女倶楽部』などの雑誌も発行されており、山本周五郎はそのほとんどに作品を書いています。大衆娯楽・時代小説作家であり、少年・少女小説作家でもありました。作品の多くは倹《つま》しく市井に生きる庶民や、名もなき人々を描いたものです。

ところで、講談社と新潮社からそれぞれ『自薦全集』が刊行されましたが、作者が選んだ作品はすべて戦後のもので、戦前の作品は一編もありません。意図的にはずしたようです。一九四五年八月一五日を境界線にして、作品の良し悪しが簡単に決まるとは思えませんが、作者からすると、戦前の作品の多くは「愚作」だったようです。戦前の作品はそのほとんどが、前出の雑誌を初め、大衆娯楽読物誌に発表されたもので、当時の読者や編集部の方針にある程度従わざるを得なかったのではないでしょうか。作者は後年になって、これらの作品を発表してしまったことをずいぶん悔やんでいたようです。

ここで紹介した「朝顔草紙」も戦前の作品です。姿も顔も全く知らない許婚同士が、十数年間それぞれの面影を追い求めつつ愛を貫き通し、藩の悪家老を討って結ばれるまでを描いた純愛物語です。山本周五郎らしい人間味あふれる作品です。と同時に、封建的道徳でいう「親孝行」・「忠君愛国」の道を忠実に再現した作品だともいえます。

また短編とはいえ、場面展開の面白さを心ゆくまで読者に提供してくれる作品でもあります。静と動、それぞれの場面のめりはりがはっきりしており、静かに流れゆく時間と、一瞬の時間を切り取る見事な技の展開が繰り広げられています。例えば、監物邸で小雪が琴を弾いている「静」の場面と、信太郎が寺の塀外で采女を討つ「動」の場面との対比などは実に印象的です。原文よりそれぞれの場面を抜き書きしてみます。

馬場外の屋敷へ帰って、自分に与えられた部屋へ入ろうとすると、奥の間から琴の音が聞えて来た。ふと足を停めて聞くと、
しののめのまがきに

露をふくむ朝顔
玉のかずらたおやかに
かかる花のおもかげ――
「ああ、――いつかの朝顔の曲……」

信太郎は、この四五日忘れていた悲しみが、満潮のように胸へ甦《よみがえ》ってくるのを感じた。琴の音は哀調を含んで、咽《むせ》ぶように、訴えるように断続している。信太郎は我にもなく、惹《ひ》かれるようにその部屋の障子外へ行って佇《たたず》んだ。歌声は嫋々《じょうじょう》と起って、

うらめしのわが縁
薄雪の契りか消えにし
人の形見とて――
それを歌うたびに、信太郎を想って泣いたという悲しい唄である。
涙ばかりや残るらん……
と聞きも果てず、つきあげてくる涙を抑えかねて、信太郎はくくと喉《のど》を鳴らし、両手で面を蔽《おお》いながら嗚咽《おえつ》を忍んだ。

（信太郎が小雪の部屋から聞こえてくる『朝顔の曲』に耳を傾け、嗚咽を堪える場面）

信太郎は革紐《かわひも》の襷《たすき》をかけ、足拵《あしごしら》えを厳重に、然《しか》も身軽く、先夜奪い取った槍を小脇に

して、じっと機を狙っていたが、采女の駕籠《かご》が眼前にさしかかったとき、竹林の中から道へ踏出して、大音に、

「神尾采女、天誅《てんちゅう》だ」

叫びざま駕籠の中へ一槍入れる。手応えありとみるや、さっと槍を引いて竹林の中へ引返した。殆ど一瞬の出来事である。

（信太郎が采女の駕篭内へ槍を突き立てる場面）

哀調を帯びた『朝顔の曲』を奏でる琴の音と、一方、空気を切り裂くような鋭い槍先の音までも聞こえてきそうです。

「朝顔草紙」は戦前に書かれた小説のなかでは、作者なりにとても愛着のある作品だったと思います。ただ、筋運びが少々作られ過ぎた感は否めません。作品が書かれた時代背景や読者からの要望というむずかしく、高いハードルがあったのでしょう。

さて、この作品のなかで盲人はどのように描かれているのでしょうか。もちろん、文絵のことです。前述した「涙ばかりやのこるらん」と『朝顔の曲』を哀しげに謡う、眉に憂いを含んだ寂しげな、透き通るような白い肌の持ち主で、驚くほど美しい顔立ちの娘として描かれています。

信太郎からすると、文絵という許婚の面影をたまたま、監物邸で見知った小雪という盲目

の姿に重ね合わせています。つまり、信太郎の目に映る娘の姿は小雪であり、文絵でありま す。盲目の娘かどうかは関係ありません。ここに純粋で、無垢な愛の「かたち」が描かれて います。この物語は次のような場面で終章を迎えます。歌舞伎の舞台でいえば、ここで大向 こうから「成田屋」とか、「成駒屋」などの掛け声がかかるところでしょう。


「信太郎の妻は文絵どのです、さあ」

力強く差出す手へ、文絵は涙で濡れた顔を振向けながら惹かれるように縋《すが》りついた。

「今宵唯今から、信太郎が貴女の眼になります、何ものも怖れず、しっかりとこの手を摑んでおいでなさい」

「――信太郎さま」

文絵の声は歓びと感動にわなわなと顫《ふる》えていた。

監物も乳母も泣きながら、然しつきあげて来る悦びに顔を輝かしていた。

＊山本周五郎「朝顔草紙」新潮文庫『朝顔草紙』（二〇〇四年　新潮社）

■藤沢周平「盲目剣谺返し」の三村新之丞

藤沢周平は「人生の哀切」を時代小説という「かたち」にして数多くの作品を残しました。その舞台は主に町人文化が花開いた江戸時代の後半（文化文政期）で、下級武士や庶民の生活を哀感をもって描いています。私が初めて読んだ藤沢周平の作品は、たしか『橋ものがたり』という短編集で、さまざまな人間が行き交う江戸の橋を舞台にして繰り広げられる、男女の出会いと別れの物語でした。静かに迫りくる哀切の情に、胸がつまるような思いになったことを思い出します。

ここで取り上げる「盲目剣谺《こだま》返し」はいわゆる「復讐物」としてジャンル分けしていますが、決して陰惨な印象を残すような作品ではありません。何回読み返しても、ラストシーンで思わず涙してしまう好短編です。いつものように、あらすじ紹介から始めます。

三村新之丞の目から光が奪われて、一年半近くが経った。ある秋の日、茶の間の前の縁側に立って、「遅い」と新之丞は微かに眉を寄せた。夜気が冷たく感じる。妻の加世の帰りが遅過ぎるのだ。加世は月に一度、城下から一里先にある林松寺の不動尊に、新之丞の目の治癒祈願のために通っている。新之丞がそんな加世の寺通いに男の影を感じとったのはいつごろからだろうか？　眼医者から見放された去年の秋ごろからのような気がする。それ以来、彼の耳は微細な気配を逃さずとらえ、鼻はあるかなきかのにおいを感じ、物の手触りも目の見えていた時とは違った新しい感触を伝えた。その敏《さと》い耳、利く鼻が妻の以前にはなかった変化を嗅《か》ぎつけたのだった。

加世の男について、外から最初の知らせを持ち込んできたのは従姉の以寧《いね》だった。彼女は生家の誰それのこと、昇進間近な夫のこと、子どものことなど立て続けにおしゃべりをした後、突然声をひそめて加世の不倫について話し始めた。夫が茶屋町で男と一緒にいる加世を偶然見つけた、というのである。加世に対する新之丞の疑いはますます濃いものになった。

以寧が帰った後、新之丞は老僕の徳平の手に引かれ、久しぶりに家の外へ出た。手には木剣が握られている。庭でその木剣を振り下ろしてみた。しかし、むなしく空を切り、地面を叩くのみだった。改めて、彼は盲目になったわが身の不幸を嘆く。かつて、藩校の自修館では秀才といわれ、木部道場では麒麟児と称えられ、藩主右京太夫頼近の近習組の一人としてつとめていた男が、だ。それでも、彼はそうした過去を振り払うように何回も何回も木剣を振り下ろした。体中汗まみれになったころ、背後に人の気配を感じた。加世であった。

その加世がやはり過ちを犯していた。彼女が密会している相手は近習組頭の島村藤弥という、新之丞の上司に当たる男だった。無類の「女好き」だった。ただし、無能な人間ではない。城中のつとめをてきぱきと捌き、能吏という面も持ち合わせている。剣もかつて、一刀流の名手と謳《うた》われ、宮井道場で高弟の一人として数えられたほどの剣士だった。そのことを確かめてきたのは徳平である。新之丞は徳平に寺参りに行く加世の後をつけさせた。後をつけた二度目の夜、徳平は茶屋から出てきた二人を見つけ、相手の武士が島村家の門をくぐり抜けるのを見届けた。翌日、その話を聞いた新之丞は、加世の不倫が動かぬものだと悟った。そんな加世を信じられなかったが、その夜問い詰めた新之丞は、彼の前で泣き崩れる加世の姿から残酷ともいえる事実に向き合わざるを得なかった。

毒見役をしている時のある日、昼食の毒見をした新之丞は貝の毒に当たり、それが原因で失明した。もうこれで奉公もかなわぬ、と彼は覚悟した。ところが、藩から使いが来て「禄はそのまま留め置く、十分に養生するように」と意外な沙汰をくだされた。だが、その沙汰こそ、加世が自分の貞操であがなったものだった。盲目の身になった新之丞を救おうと、思いあぐめた末に加世は上司である島村藤弥を訪ね、家名の存続を願い出たのである。島村は承知した。が、代償に加世の体を求めた。島村という卑劣な男に騙されたのだが、そのことを知った新之丞は妻加世を離縁する。寂寞とした孤独な感じが胸をしめつけた。

だが、「禄はそのまま留め置く」という沙汰が下ったのは、島村の尽力でも何でもなかった。そのことを後になって、元同僚山崎兵太の話から知ることになる。憤怒を覚えた新之丞はかつての上司であった島村に果たし合いを申し込む。そして、卑劣な手段による一撃をはねのけ、盲目の新之丞の剣は一撃で島村藤弥の首の血脈を斬った。この剣技を「谺返し」という。暗闇のなかでひと夏かけて稽古に励み、空中を飛ぶ虫を叩き落とすまでに技量を高めた秘剣であった。

その後、新之丞は老僕と二人だけのわびしい毎日を送っていた。ある日、徳平が飯炊きの女を雇ってきた。その女が一年前に離縁した加世であることにすぐ気づく。その女の作る料理はことごとく舌になじんでいた味であったからだ。ずっと知らない振りをしていた新之丞だったが、ある日……。


「盲目剣谺返し」は一九七八（昭和五三）年七月から一九八〇（昭和五五）年七月まで、文藝春秋発行の文芸誌『オール讀物』に連載された短編時代小説のなかの一編です。一九八一（昭和五六）年に文藝春秋から『隠し剣秋風抄』として単行本化されました。そのなかで最後の作品が「盲目剣谺返し」です。ちなみに、それまでの収録作品名を紹介しておきます。「酒乱剣石割り」・「汚名剣双燕」・「女難剣雷切り」・「陽狂剣かげろう」・「偏屈剣蟇ノ舌」・「好色剣流水」・「暗黒剣千鳥」・「孤立剣残月」の合わせて八作品です。今、すぐにでも作品集のページを開きたくなるような題名ばかりです。一作品ごとにそれぞれ「秘剣」が披露されるので、「剣豪物」ファンにとっては堪らないシリーズです。ただ、凄惨な決闘場面が思ったより多く、敵味方双方の斬り合い場面などには目を覆いたくなるところもあります。

さて、話を「盲目剣谺返し」に戻します。このシリーズのなかでは比較的穏やかで、やさしい物語展開の作品です。二〇〇六（平成一八）年一二月に封切られた映画『武士の一分』

の原作となったものです。監督山田洋次、主演木村拓哉（三村新之丞役）、その妻加世役に元宝塚女優の檀れい、その他それぞれ味のあるキャストを揃えて、大ブレークしました。その結果、この短編も多くの人々に知られるようになりました。

剣術にすぐれた人物を主人公にした「剣豪小説」の一面を感じさせる作品ではありますが、映画では、盲目の身になった新之丞と彼を静かに見守る妻加世との哀しいまでの夫婦愛を中心にして、老僕の徳平なども含め、しみじみとした家族愛を、そして、それらの人々がおだやかに暮らす日常を描いています。しかし、その一端が崩れてしまうと、例えば、新之丞が毒見した貝を食べて失明してしまうとか、夫の将来を案じて加世が不倫の道へ陥ってしまったことなど、そのおだやかな日常が一瞬のうちに消え去ってしまうことも描いています。静と動、穏やかさと激しさ、当たり前の日常と理不尽な現実など、これらの落差の大きさを鮮明に映し出しています。

原作をざっと読んだ感じだけでは、新之丞の盲目になったが故の心理描写や、盲目の剣士が繰り広げる秘剣「谺返し」の妙技などに興味がいきがちですが、この作品の視点を少し変えてみると、かけがえのない日常の大切さや、それを奪われた時の悲惨さ・残酷さを静かに訴えていることがわかります。すると、映画のタイトルにもなっている『武士の一分』が、一般的にいわれる武士の面目や意地からだけではなく、一人の人間としての怒りやくやしさ、そしてもう二度と戻ってこない日常を返してくれ！　という腹の底から絞り出すような叫び声にも聞こえてきます。これらを踏まえた上で、もう一度島村との決闘場面を再現してみます。

だが、狼狽はすぐに静まった。勝つことがすべてではなかった。武士の一分が立てばそれでよい。敵はいずれ仕かけて来るであろう。生死は問わず、そのときが勝負だった。

——来い、島村。

待ってやろう、と思った。木部道場では、免許を授けるときに、「倶《とも》ニ死スルヲ以《もっ》テ、心ト為《な》ス。勝ハ厥《そ》ノ中ニ在リ」と諭し、また、「必死スナワチ生クルナリ」と教える。今がその時だった。

新之丞は、暗黒の中にゆったりと身を沈めた。心を勝負から遠ざけ、生死から離した。一度は死のうとした身だと思ったとき、死も静かに心を離れていった。新之丞は暗黒と一体となった。凝然《ぎょうぜん》と佇《た》ちつづけた。

その重いものは虚空から降って来た。さながら天が落ちかかって来たかのようだった。新之丞は一歩しりぞきながら、無意識に虚空を斬っていた。左腕にかすかな痛みを感じると同時に、新之丞は島村の絶叫を聞いた。重いものが地に投げ出された音がつづいた。

新之丞は無意識に「㓐返し」の秘剣を放ち、一刀のもとに彼の命を奪います。下級武士の生きざまに焦点を当てた、まさに「武士の一分」が輝いた場面です。そして、この物語も終章を迎えます。

その夜、床に就いてから新之丞は苦笑した。千代という名で今台所脇の小部屋に寝ているはずの女が、離縁した加世だということはもうわかっていた。汁の味、おかずの味つけ、飯の炊き上がりのぐあいなどが、ことごとく舌になじんだ味だったのである。

だが新之丞は、気づいたことを、加世にも徳平にも言わなかった。加世も知られるのをおそれるように、めったに新之丞には近づかず、大ていは台所に籠っていた。

数日後、新之丞は庭で木剣を振りおわって、家にもどると、台所に向かって茶をくれと言った。加世の返事が聞こえ、間もなく戸を開けて加世が茶を運んで来た。膝の前に茶を置くと、加世は新之丞の手をとって、茶碗に触れさせた。思わずそうしたらしい。

加世は、はっと身を縮めたようだった。

新之丞は気づかないふりをした。台所からいい匂いが洩れて来る。蕨の香だった。さっきから家の中で、とんとんと小さな音がしていたのは、加世が蕨たたきを作っていたらしかった。

「今夜は、蕨たたきか」

と新之丞は言った。

「去年の蕨もうまかった。食い物はやはりそなたのつくるものに限る。徳平の手料理はかなわん」

加世が石になった気配がした。

「どうした？　しばらく家を留守にしている間に、舌をなくしたか？」

不意に加世が逃げた。台所の戸が閉まったと思うと間もなく、ふりしぼるような泣き声が聞こえた。

縁先から吹きこむ風は、若葉の匂いを運んで来る。徳平は家の横で薪を割っているらしく、その音と時おりくしゃみの音が聞こえた。加世の泣き声は号泣に変った。さまざまな音を聞きながら、新之丞は茶を啜《すす》っている。


毒見役によって盲目になった夫を、ずっと支え続けてきた妻加世の心情を思うと、誰しも込み上げてくるものを抑えることのできない最後の場面です。今、私も「さまざまな音」を聞きながら静かに茶を飲んでいるところです。

＊藤沢周平「盲目剣谺返し」文春文庫『隠し剣秋風抄』（二〇〇七年　文藝春秋）

三　検校の描き方もいろいろ

まえがき（三）

この章のタイトルを表題のようにしたのには理由があります。私が整理していた故・中江義照《よしあき》先生（元大阪市立盲学校教諭で塙保己一研究者）の「盲人に取材した文芸作品に関する書目」やその他の資料を調べてみると、ほんとうにたくさんの、色とりどりな「検校物」が見つかりました。「音曲物」（琵琶や琴・三味線などの弾き語りもの）や「鍼按《しんあん》物」（鍼灸・按摩師を登場させたもの）はもちろんのこと、数は少ないのですが、「妖怪物」・「勝負師物」・「座頭金物」などもありました。文字通り、「検校の描き方もいろいろ」だったのです。そのなかから、これは面白いと思われる作品を五編選んでみました。

まず、すべての作品に共通する検校について、簡単に説明しておきます。検校とは、中世・近世日本における盲官の最高位の名称で、人物呼称としても使われています。そのほとんどが、平曲や箏曲、鍼灸や按摩などに携わる盲人によって組織されていた「当道座」(座の一つで、盲人の自治的な職能・互助団体)に所属していました。「当道座」に入って検校に至るまでには、下から座頭・勾当・別当など七三の位階があり、最高位を総検校と呼びました。音曲や鍼灸などで業績が認められれば、一定の期間をおいてその盲官位は順次与えられます。ただ、それを取得するためには非常に長い年月を要しました。そこで、早期に取得するための金銀売買も公認されるようになり、一説によると、最低位から検校まで昇進するには七一九両が必要だったといわれています。江戸時代も元禄後期ごろになると、幕府公認の盲人高利貸し業者が現れ、検校輩出に一役買うようになりました。

その後、一八七一(明治四)年の「盲官廃止令」に伴い、「当道座」はその役割を終え、検校制度も幕を閉じました。この間の数百年にわたる輝かしい歴史と伝統は日本の障害者史のなかでも特筆すべきものです。検校を中心にした盲人たちはどの時代においてもすさまじいまでのバイタリティーを発揮し、独自の世界を切り開いていきました。これこそが『平家物語』を生みだし、自らの社会的地位を向上させていった原動力になったのではないでしょうか。

その一方で、花田春兆が「殿上の杖」のなかで述べているように、ほとんどの盲人たちは常に社会の下層にあって、地べたを這いつくばるようにして生き抜いてきた存在でもあります。この現実も決して忘れてはならないと思いました。

花田春兆　「殿上の杖」の明石覚一

「殿上の杖」は俳人・作家であり、障害者文化史研究者・障害者運動家である花田春兆の作品です。肢体障害者・評伝作家でもある作者は肢体障害者・俳人の富田木歩をモデルにした『鬼気の人』（一九七五年　株式会社こずえ）や、聴覚障害者・俳人の村上鬼城の作品と生涯を描いた『心耳の譜』（一九七八年　株式会社こずえ）など、障害者を扱った評伝を何作か書いています。この作品（「殿上の杖」）は評伝的手法を織り込みながら時代・歴史小説として、明石検校の生涯を描いたものです。一九八〇（昭和五五）年に株式会社こずえから刊行されました。近年では二〇一八（平成三〇）年伏流社からも出版されています。

話は横道にそれますが、私が初めて春兆の作品に触れたのは『折れたクレヨン』（一九七九年　ぶどう社）という句文集でした。この本は「身障歳時記」という副題が付いているように、作者の生い立ちからのエピソードを描きながらそれに関する俳句を織り込んでまとめたもので、「就学猶予クレヨンポキポキ折りて泣きし」という自作の俳句をタイトルにしています。自分自身はどうしても学校へ行きたいのに、家族の者（母親）が「就学猶予願」を出さざるを得ない現実を歎き、無念な想いを詠んだ句でした。

花田春兆は一九二五（大正一四）年大阪府に生まれました。大蔵官僚だった父親の関係で後に東京へ転居しています。脳性マヒと診断され、当時診てもらった医者からは一二年ぐらいの命でしょうと言われたそうです。ところが、亡くなったのは二〇一七（平成二九）年の五月一三日のことで、享年九一でした。最期は肺炎のため息を引き取りましたが、長寿を全うした、といってもいいのではないでしょうか。生まれながらにして重度身体障害者だった春兆は、身の回りのことのほとんどを他者（家族を含め他の人たち）の手に委ねざるを得ませんでした。日常生活を送る上で着替えや食事、移動や入浴などいつも他人の手を借りていたのです。一九三四（昭和九）年にようやく光明学校（現在の東京都立光明学園）へ入学します。その後、俳句に出会い、一九四七（昭和二二）年に身障者同人誌『しののめ』を創刊し、編集の仕事にかかわることになりました。俳句は「降る雪や明治は遠くなりにけり」などの句で知られる中村草田男に師事しています。亡くなった時は「日本障害者協議会」顧問をしており、長年にわたって執筆や研究、運動を通じて障害者問題への理解と啓発に尽力してきた人でした。

寄り道した時間が少し長くなってしまいました。こんな横顔を持つ人が「殿上の杖」の作者です。この作品は鎌倉勢力が北条氏から足利氏へ移行し始めて、高氏（尊氏）の時代へと変わりつつあるなかで、南北朝時代を舞台に活躍した平家琵琶の名手、盲人の自治的互助組織である「当道座」を開き、「覚一本」といわれる『平家物語』をまとめた明石覚一の生涯を描いた一代記です。そのあらすじを紹介します。

足利尊氏の従兄《いとこ》という高貴な身分に生まれながらも、主人公覚一は幼年期に視力を失い、一生涯闇の世界に暮らすこととなった。肉親といえば、いつもそばにいるのは足利の館に続く鑁阿《ばんな》寺の一隅の庵に住む母親だけで、物心ついた時にはその母親もすでに出家していた。母親は父親のことも含め過去のことには一切触れようとしない。したがって、自分自身の出生についても、又太郎（足利尊氏の幼名）の祖父に当たる者の遺書の中身を知るまで全くわからなかった。

覚一は目の治療のため足利を離れ鎌倉へ行くことも多くなり、時折京の都からやって来る琵琶の師（坂東如一）に会えたのもこの地であった。きびしい修行に耐えて、自ら琵琶法師の道を選ぶこととなる。覚一の望みは高く、京の都に上って、坂東琵琶を京の八坂琵琶と肩を並べるほどに確立することであった。

覚一が京へ上って三年が過ぎた。その間、師の如一のもとでみっちりときびしい修行に励み、師の片腕といわれるほどに琵琶の技も上達した。琵琶の名手としての覚一の名は京の都に留まらず、畿内一円に広がっていった。

又太郎元服の知らせを受け、覚一は上杉家から出向く祝いの使者に同行し、足利の館へと向かった。途中、美濃の山中で「風の一」と名乗る風変わりな琵琶弾きに出会う。風の如く現れ、風の如く去っていく忍者のような地下《じげ》（身分の低い者）の盲目の琵琶法師である。この時以来、覚一の人生に大きく影響を与えた人物であった。又太郎元服の式を終え、足利から京へ帰った覚一は、ある日清水寺近くの山道で「八坂の妹君」（覚一が時どき琵琶語りに行く古賀家の娘）に偶然会う。亡くなった兄（八坂流琵琶の名[redacted]と親交の厚かった琵琶づくり名人の病気見舞いの帰りだという。互いに[redacted]あうものを抱きながら終生結ばれることのない二人だった。この姫君もその[redacted]覚一にとってかけがえのない人となっていく。

天下は後[redacted]皇率いる公家・武士団とそれに対立する勢力とが争うようになり、都の政[redacted]不安定となる。そこに鎌倉幕府も絡み、さらに学者・歌人などの文化人も二分されてしまい、世の中はますます混沌の度合を強めていった。

その後、母親を京の都（東山）に迎え、筑紫琵琶を知るために弟子とともに筑紫の国（現在の九州北部）へ訪れる。また、如一の死に臨んで、看取りから野辺送りまでの一切に心をくだくなかで、周囲の人々の推挙もあり「一方《いちかた》流」を立ち上げるとともに、盲人の地位向上や生活救済をめざし、「座」組織をつくっていこうと尽力する。

一方、天下はますます風雲急を告げ、後醍醐天皇の都落ち・六波羅幽閉、鎌倉（北条）方の巻き返しによる新天皇即位強行、尊氏の出陣、楠木正成勢との壮絶な戦いへと進んでいく。尊氏軍はとりあえず六波羅（北条）軍を都から追放し、尊氏が征夷大将軍の名を朝廷（後醍醐天皇側）から授かるという結末で都の平定を計った。しかし、南北朝の動乱はまだまだ続いた。

時は流れ、「八坂の妹君」の結婚、風の一の戦死などの出来事があり、覚一は光厳院（持明院統の天皇）の所望に応じ、殿上にて琵琶の演奏・語りをおこなった。光厳院にとってはことのほか感銘を受けたようで、また参るようにとの言葉とともに紫の房の付いた杖を与えられたのである。「殿上の杖」だった。

物語はさらに後醍醐天皇側の反撃に遭い尊氏軍の九州への敗走、再び上洛した尊氏側の勝利、後醍醐天皇側の敗退などめまぐるしく変化していく。政情不安の最中でも覚一は新しい弟子を一人、二人と増やし、地方へとその勢力を伸ばしていった。琵琶演奏でも技法に新工夫を凝らし、技量においても師の如一をしのぐほどになった。その間、吉田兼好から蟬丸法師の話を聞き、その命日の日を琵琶法師の祭神の日に決め、蟬丸神社で「逢坂の祭り」を盛大に開いたりした。この祭事を成功させることにより、堂上（公家）琵琶と坂東琵琶、さらに地下琵琶も含めた統一的な組織を完成させた。

そして、皇太子恒良《つねなが》親王が北朝側の帝位を継いだ年、皇位継承の祝いにと御前で琵琶演奏をすることになる。演奏後、望むものは、と問われた覚一は、除目《じもく》という表現で盲人の位を定めてほしいと願い出た。朝廷から正式に許可され、古賀家も琵琶の宗家となることを承諾した。本格的な検校制度の始まりである。明石検校と呼ばれるようになった覚一は一三七一（應安四）年に没した。七〇歳を超えての成仏であった。

この作品の面白さは、史実（歴史物語）と創作（虚構の世界）がともに絡み合いながら物語が進んでいくところにあります。ただ、皇位や政策をめぐって頻発した内乱や、複雑に絡み合う人物関係を史実として正確に把握するには、私が持っている歴史知識だけでは非常に不十分だと感じました。それでも、「不忠の足利、忠臣揃いの南朝」という以前より疑義に感じていたこと（主にその「歴史観」）については、物語に登場する人物たちの具体的な言動を通して、改めて再確認することができました。覚一は足利尊氏の縁者という設定でこの物語は展開していきますが、琵琶を通して敵方である後醍醐天皇側と親交を深めていく場面の数々にも触れることができます。したがって、生殺与奪の権の争奪合戦をしている両勢力の間を自由に行き来できる覚一の存在は、それだけでスリリングで、大胆なふるまいに及ぶであろうことを読者に想像させます。そこが大変面白いのです。物語は時にはやさしく、匂い立つように、そしてある時は激しく吹き荒れる風のように流れていきます。

風のようにといえば、この作品の面白さを支えているものはもう一つ、脇役として登場する地下の盲目琵琶弾きの「風の一」と、「八坂の妹君」の存在があります。「風の一」はもちろん架空の人物ですが、覚一とは表裏の関係にある人物として描かれています。美濃の山中で初めて出会った時から天下国家のことを論じ、将来、覚一に琵琶の天下人・盲人を中心とする弱者救済者としての役割を果たすよう熱く語り掛けます。その後、文字通り「風の如く来たり、風の如く去る。風の如く生き、風の如く死ぬ」存在として、覚一が窮地に立った時や重大な決断を迫られた時など忽然と現れ、彼に勇気を与え、励ましていったのです。一方、妹君は清水寺近くの山道で出会って以来、覚一の良き理解者であり、坂東流の琵琶と八坂流の琵琶との橋渡し役を努め、やがて覚一を天下一の琵琶法師へと昇らせる陰の立役者となりました。が、妹君の役割がこれだけでは面白くありません。作者は物語のなかで互いに愛を育んでいく両人としても描いていきます。覚一からの恋情は片思いに近い思慕のようなものでした。見果てぬ夢はやがて、妹君の侍女すみれとの結婚というかたちで結実していきます。そこへ至るまでの過程が面白く、小説としての色艶がたっぷりとにじみ出ています。

最後に、障害者としての作者の立ち位置、障害観・人生観という視点から作品を眺めてみます。たまたま覚一は琵琶法師として名声を得て、上流階級の人々との交流も許されるような身分になりましたが、ほとんどの盲人は食うや食わずの生活を余儀なくされ、歌舞音曲の世界どころではないというきびしい現実にも心痛めます。例えば、

大部分の人々は、そうしたチカラも持てず、世間からあぶれさせられた者として、心の余裕どころではなく、蔑みと嘲りの中を、放浪し続けるよりないのであろう。食べるもののあてもなく、いつ病むかもしれないという不安。病んだとてゆっくり寝る場所もないという不安の中で、生きていくよりない人々なのだ。所詮は、それになりきれないにしても、そうした弱き人々、名もなき旅の琵琶法師になって、蔑まれる身に徹することで、自分を試してみよう……とも思う覚一だった

（原作の八三～八四ページ「雷鳴」の章より）

と覚一に語らせています。また、巻末解説のなかで、歴史学者の松本新八郎は「歴史の動きを音や香りをとおして聞き、人物の生活を体の感触をとおして知る、といった表現があります。これは花田さんが盲人の明石検校の身になって、動乱に生きたその人生を内から描こうとされるからなのでしょう」と述べています。「弱き者」の立場から「弱き者」を描こうという作者の創作姿勢がはっきりと伝わってきます。

そっと耳をすませば、「祇園精舎の鐘の声、諸行無常の響きあり。娑羅双樹の花の色、盛者必衰の理をあらはす。奢れる人も久しからず、ただ春の夜の夢のごとし……」と琵琶語りの覚一の美声が私の耳の奥にも響いてきそうです。

＊花田春兆「殿上の杖」『殿上の杖　明石検校の生涯』（一九八〇年　株式会社こずえ）

長谷川伸「夜もすがら検校」の玄城

音もなく降りつづく雪の中に旅姿の盲人がただ一人、両手をあげて狂気のように叫んでいる。

街道とはいえ里はずれ、人家は遥かに遠く盲人は、むざんな雪の苛責《かしゃく》にとじこめられて泣き叫ぶ声すらが冷たい雪に籠《こ》められて遥かな人里に届こうはずはなかった。

「りよ子。りよ子、友六、友六やい」

雪の路を驀地《まっしぐら》にはしる盲人は、忽《たちま》ち足を辷《すべ》らせ体を雪に埋めて倒れた。

「りよ子。りよ子、友六」

盲人はむっくと起《た》った。よろめく足許あぶなく、答えるもののない夕暮に、叫び声を振り絞っている。

「人は居らぬのか。路行く人はないか、人家はないか、あっても皆笑っていなさるのか、盲じゃと思うて侮ってござるのか」

やみくもに雪を蹴って狂乱の態《てい》、杖を取り落した悲しさは、鷺足になっていくうちに、松の根方に足をすくわれ、どうと雪の中へ打ちのめされる形に倒れた。


「夜もすがら検校」は主人公である玄城のこんな痛ましい場面から物語が始まります。さっそく、あらすじを紹介します。

江戸の世も終わりのころである。京の都に玄城という平家琵琶の名手がいた。目は全く見えなかったが、まだ四〇歳に手の届かぬ若さで、体は健やかで血気に満ちていた。その琵琶を夜通し聴いていても飽きることがなかったので、人々から「夜もすがら検校」と呼ばれていた。ある年の春、江戸の「高家」（江戸幕府の職名）の仲立ちで大名衆から招きを受け、友六という番頭を召し連れ、江戸へはるばる下り着いた。江戸滞在が春から夏へと長くなったため、友六は主人の意をくんでか、改まっての断りもなくりよ（りよ子）という中年増の女を連れ込んで、検校の身の回りの世話をさせた。やがて、検校はりよの快い江戸弁を聞きながら、女の面影・姿を心底に描いて、その日その日の楽しみを深く味わうようになった。

雁が空を渡るころになって、検校は京へ帰ることになった。りよを江戸に残してどうしても去る気になれず、彼女も同伴して帰ることになる。友六も賛成してくれた。吉日を期して三人連れの旅は始まった。江戸を出立する前、三人は信濃の善光寺参り、木曾谷の紅葉を見物して京へ戻ることを計画していた。だが、運の悪いことに旅路の途中、りよが病気に倒れ、福島宿でしばらく足止めを食うことになる。一〇日あまりしてりよの病気も回復したが、その間に木曾路は冬になり、積もる雪を見るようになった。病気が治ったりよを伴い、検校一行は雪の降るなか、美濃方面に向かって木曾路を急いだ。ところが、山中でこともあろうに、検校は友六らに財布を奪われ、置き去りにされた。実のところ、検校は江戸にいる時から友六とりよとの仲を怪しんでいた。二人は初めから密かにこの企てをたくらんでいたのだ。気がついた時にはもう遅かった。降りしきる雪のなかで検校は死を覚悟する。この世の名残りにと、日ごろ愛誦《あいしょう》していた琵琶の『女院往生』を口ずさんだ。やがて、雪地獄のなかで気を失った。

検校は気がついた時、山家のいろり端に寝かされていた。命を取り留めたことを知る。若者が心配そうに覗き込んでいた。聞けば、男は廃屋のようなわが家をあとにして、夜逃げ同然の旅に出ようと山中の三つ叉道に差し掛かった時、凍死寸前の検校を見つけ、わが家に連れ戻ったという。明日になれば人の手に渡ってしまうという家には何もない。ひどく貧乏な家だった。若者はたった一つだけ残った財産の仏壇を壊していろりにくべ、部屋を暖めてくれた。粥を作って食べさせてもくれた。検校は命の恩人であるこの若者に折りがあればぜひ京に上り、四条にある「夜もすがら検校」宅を訪ねるよう告げ、別れた。

それから三年の歳月が流れた。京へ戻っていた検校を訪ねて若者がやって来た。軒下に若者の声がした時、検校は妻とともに走り出て、喜び迎えた。検校夫婦はあの悪夢のような雪の一夜のお礼にと、上物の着物を着せたり、酒をふるまったり、馳走を用意して、大歓待をしたが、若者は喜ばなかった。何をしても喜んでくれない若者に対し、検校夫婦は、明日浪華《なにわ》へ出立するという若者に大金を渡そうとする。が、もらうまいと若者は固く辞退した。そこで検校は、一番大事にしていた琵琶を打ち割り、いろりにくべてしまった。この偽りのない真心に心打たれた若者は感涙し、金子《きんす》をすなおに受け取る。浪華行きを中止し、四年ぶりに帰る故郷の美濃で家を再興することを誓った。

この作品は菊池寛の勧めもあって、一九二四(大正一三)年の『新小説』二月号に発表されました。事実上、この作品が小説家・劇作家としての長谷川伸の出世作となりました。年齢はすでに四〇歳を超えていました。それまで、長谷川伸は作家をめざしていたとはいえ、全く売れない作家の典型のような人で、山野芋作とか長谷川芋生を初め、いろいろなペンネームで作品を発表しています。『新小説』には、芥川龍之介も関係していたので、彼も長谷川伸の『サンデー毎日』での第一作「江戸の巾着切」（一九二三年一月特別号）の筆力には注目していたようです。ようやく、長谷川伸もこの「夜もすがら検校」によって日の目を見たわけです。

物語の筋は、謡曲『鉢木』によく似ているように思えます。謡曲では、諸国を旅する僧侶（北条時頼）が上野《こうずけ》の国（現在の群馬県）佐野荘あたりで雪道に迷い、貧しい武士である佐野源左衛門尉常《げんざえもんのじょうつね》世《よ》の家に宿泊します。焚火の火が弱まってきたことに気づいた常世ですが、家には燃やすものが何もありません。そこで、心を込めて育ててきた梅・松・桜の三鉢の盆栽をいろりにくべ、旅僧をもてなしました。年が明けて春になり、突然鎌倉から緊急召集の触れが出ました。その時、鎌倉に馳せ参じた常世に幕府より恩賞がくだされたという話です。

貧しい若者と貧しい武士。たった一つの財産である仏壇を壊し、凍死寸前の検校を助けた若者と、大切に育ててきた三鉢の盆栽を惜しげもなく旅僧（時頼）のために焚き木にしてしまった武士。そして、二人とも私欲のない善行に対し、それぞれ報奨や恩賞を受けることになったのです。人はどんなに貧しくとも私利私欲にとらわれず、他人に善行を施せば、その報いが巡ってくるという話になるわけです。

この「報いが巡ってくる」ということに関して、「夜もすがら検校」ではあらすじの最後でも触れたように、意外な結末が待っていました。ここも冒頭場面に負けず劣らず息を呑むような予想外の展開となります。検校は若者に最愛の琵琶を取らせて、いきなり『有王島下り』という平曲の弾き語りをします。若者は呆気にとられて目を丸くしました。しかし、検校は平然と弾き語っていきます。そして、思いもよらぬ行為に及んだのです。

はたと撥《ばち》をとどめて検校は、静かに、掌を伏せて琵琶の面をなでさすりていたが、忽ち発止と叩きつけ、力をこめて打ち砕いた。

「あれ、何をなさる」

妻の声する方に、笑顔をむけて検校は、

「狂いはせぬ、心は確かじゃ、のう若蔵殿、こなた様も驚いてござろう、これなる琵琶は由緒《ゆいしょ》あるもの、尊き御方の御前にも出たる名誉のものじゃ、銘を「高嶺」といいますのじゃ、それを今砕いたのは何事ぞと怪しく思うでござろう、わしが心は口よりもじゃ」

砕けた名器をとって、囲炉裡《いろり》の火にくべた。めらめらと燃え立つ煙は、雪の夜に感じたあの仏壇を焚いたのと同じであった。

一晩中聞いても飽きないといわれる玄城の琵琶も、若者には全く好まれないことに気がついた検校は、若者と妻の見ている前で名器をたたき割り、いろりの火にくべ、「衣食も金も芸も、こうなっては力のないもの。そこで、思い当たったのが真心というもの」としみじみと二人に語り聞かせたのでした。

この作品に登場する盲人（玄城）は、全編にわたって思いやりのある、私利私欲のない、誠実な人物として描かれています。それは作者の生き方に関わる信条や、弱き者への愛情という想いが、そのまま主人公の姿かたちに表れているのではないでしょうか。「人物に対して、作者は愛を持たなくてはいけないのであります。正不正でも、善悪でも、美醜でも何でもかでも、作品中の人物を愛さないで、良いものが書けそうなことはありません」と長谷川伸は述べています。もちろん、ここで作者が言っている愛の対象は物語のなかに登場する人物のことであって、現実に不正をはたらく人や悪人ではありません。

ところで、長谷川伸には「またたび物」と呼ばれる作品が数多くあります。例えば、『沓掛時次郎』（信州の博徒である沓掛時次郎が、とある男の殺害に巻き込まれ、男の妻おきぬと、その幼い息子太郎吉を守って旅する話）や、『瞼の母』（生き別れになった母子の再会と別離のなかで瞼に母の面影を浮かべる博徒の話）、『一本刀土俵入』（破門された元相撲取りが立派な横綱になって故郷の母親の墓の前で土俵入りの姿を見せたいという渡世人駒形茂兵衛の話）などです。日本人の「美しい心」や義理・人情の世界を描き上げたものです。これら三編の作品はすべて戯曲です。

私は原作を含め舞台も見たことがありません。しかし、筋だけはよく覚えています。私が子どもだったころ（小学生から中学生に掛けて）、原作をもとにした講談や浪曲などがよくラジオから流れており、それを何気なく聞いていました。当時、大相撲ファンだった私は、ラジオから聞こえてくる浪曲・歌謡浪曲のなかでも特に『一本刀土俵入』に耳を傾けたものです。今思うと、信じられないことです。が、娯楽の少なかった時代、子どもにとって大相撲の中継放送や講談・浪曲はけっこう身近にある楽しみの一つだったのです。子ども心にも「いい話だなあ」とか、「土俵入の場面は泣かせるなあ」など、日本人の「美しい心」を感じたことが今でも記憶に残っています。少々、内容的にむずかしくても、子どもの心を揺さぶるものであれば、大人になってからもこのような感じは案外消えずに残っているものです。特に、「美談」を扱う話にはよくあることで、いつの間にか、その情緒的な世界に入り込まされているのです。

「夜もすがら検校」もこの「美談」というジャンルの作品に入るかと思います。正直なところ、今の私にとって「美しい心」とか「美談」などというものには抵抗を感じます。ただ、少なくともこの作品の重心が、「強き者」へと傾いていないことには、何かほっとするものを感じました。

※「高家」とは、幕府の儀式典礼を司り、勅使や公家の接待、京都への使い、伊勢・日光などへの代参をつとめた旗本のことです。

＊長谷川伸「夜もすがら検校」旺文社文庫『夜もすがら検校』（一九七六年旺文社）

■長谷川伸「杉山検校」の和一

かずいちわ　とぼとぼと　たびに　たった　えどの　はんかな　ものおとを　みみにするのも　もー　これかぎりと　おもった。　かずいちわ　えどから　うまれこきょーの　いせのくにえ　たどりつくまでの　あいだに　しんでしまう　きなのである。　たびだつ　ひとと　みおくる　ひととが　つきぬ　なごりを　おしむ　わかれの　こえを　とおりすがりの　かずいちわ　きいた　…………　それわ　うらやましく　ねたましい　こえで　あった　「どーちゅー　みづがわりに　きを　つけて　くれ　よ　よ」　あかの　たにんの　かずいちの　みみえ　ひしと　うちこんで　くるじょーあいの　こもった　こえわ　おもわず　たびづえをば　とどめさせて　みえぬめを　しばたたかした　「あー　あの　しゅーたちわ　あーして　わかれを　おしんで　ござるに　わしわ　みすがら　ただの　ひとりじゃ」　わびしさが　みに　しみ

て　かずいちわ　かしらを　われしらず　たれた　………（後略）

この一文は、『点字大阪毎日』創刊二周年を記念して長谷川伸から寄稿された新講談「杉山検校」の書き出し部分です。一九二四（大正一三）年五月八日号（通巻一〇五号）の付録として掲載されたものです。ここでは仮名に書き換えて紹介していますが、もちろん原版は点字で書かれています。『点字大阪毎日』は一九二二（大正一一）年五月一一日に、大阪毎日新聞社（現在の毎日新聞大阪本社）から発行されました。世界で唯一の週刊点字新聞です。ちなみに、当時の購読料は一部一〇銭、一ヵ月四〇銭、三ヵ月一円二〇銭でした。

点字は表音文字で成り立っているため、文章を正しく読み、理解するために「わかち書き」（文や文章をわかりやすくするため、語と語、あるいは文節と文節の間をあけて書くこと）という約束事を決めて書かれています。また、点字特有の表記法に従って書かれてもいます。ですから、目で読む場合は逆に読みにくく、理解しにくくなります。そこで漢字仮名混じりの文章に書き換えてみます。この件で『点字毎日』編集部に照会したところ、長谷川伸直筆の原稿は残念ながら現在残っていないとのことでした。そんなわけで書き換え表記上、誤りや不十分な点があるかもしれませんが、ご容赦ください。

和一はとぼとぼと旅に発《た》った。江戸の繁華な物音を耳にするのも、もうこれ限りと思った。和一は江戸から生まれ故郷の伊勢の国へたどり着くまでの間に、死んでしまう気なのである。

旅立つ人と見送る人とが、尽きぬ名残りを惜しむ別れの声を通りすがりの和一は聞いた……。それは羨ましく妬ましい声であった。

「道中、水変わりに気をつけてくれよ、よ」

赤の他人の和一の耳へ、ひしと打ち込んでくる情愛のこもった声は、思わず旅杖をば留めさせて、見えぬ目を瞬《しばたた》かした。

「ああ、あの衆たちはああして別れを惜しんでござるに、わしは身すがら、ただの一人じゃ」

わびしさが身にしみて、和一は頭《かしら》を我知らず垂れた……。

続いて、あらすじを紹介します。

和一は京へも江戸へも何度か上り下りして、自分なりに一生懸命鍼按《しんあん》術の修行に励んだつもりだ。が、何年修行しても、ものにならない自分に愛想が尽きた。もう四二歳にもなる。往来する人たちのにぎわいとは反対に、彼の気持はじめじめとわびしいものだった。そして、死に場所を見つけに、住み慣れた江戸の町との別離の日を迎えたのである。

和一は幼い時に両眼の光を失った。不憫に思った父母は、将来生活に困らないようにと彼に林流の按摩術を学ばせる。が、彼のめざしているものは鍼《はり》を学んで実力ある検校になることであった。そこで京に上って、鍼術の大家入江良明に弟子入りする。五年間修行したが、せっかく覚えたことも片っ端から忘れてしまうありさまだ。同門の者から嘲笑される。師の良明からも見放された。どんなにがんばったところで、鍼の初歩をほんの少し知ったに過ぎなかった。江戸に下って修行を積み、りっぱな者になってから再び京へ戻ろうと決心した。

そのころ、江戸には入江門下の秀才山瀬琢一という検校がおり、そこへ弟子入りした。ここでも和一は熱心に修行に励んだが、やはりものにならなかった。六年間の江戸暮らしも水泡に帰した。格別に得るものもなく、また京をめざし東海道を上ったが、入江家も良明から豊明へと代替わりしていた。やむなく和一はまたしても山瀬検校を頼って江戸へ下る。ここでだめだったら自らの命を断とうと決意を固めて……。結局、再三再四の挑戦も無駄だった。

和一は後ろ髪引かれる思いで江戸の町を去った。向かった先は相模国（現在の神奈川県）江の島である。そこにある貴い岩屋のなかで命を断とうと決めていた。もう思い残すこともない、と海にわが身を投じた。が、片袖が岩に引っ掛かり、気を失っているところを親切な漁夫に発見された。一命を取り留めたのである。

死から蘇った和一は今まで付きまとっていた雑念から解き放たれ、人が変わったように貧しい人たちを中心に、按摩の治療に励んだ。そのうち和一は実地に鍼を試みるようにもなる。

そして、的確に実績を上げることができ、いつの間にかその名も江戸へ知られるようになった。

後になって、和一は従来からおこなわれている鍼を身体に揉み込む撚鍼法、小さな槌を使って鍼を打ち込む打鍼法から、細い管を利用して鍼をより正確に打ち込む管鍼法を考案した。和一の技はそのうちに熟達の度を加え、ほとんど天才的な技術へと発展していった。

そして、物語は江戸における和一の華々しい活躍を記した話へと移っていきます。

徳川四代将軍家綱は極度の神経衰弱に陥り、苦しんでいた。が、和一の管鍼の施術によって治癒した。五代将軍綱吉からも重用され、検校となった和一は、綱吉の「鍼治振興令」を受けて、鍼・按摩技術の取得教育を中心にした「杉山流鍼治導引稽古所」を開設した。その後の鍼按教育発展の礎を築いた施設だといわれている。綱吉の治療に当たっても絶大な信頼を得た和一は、「褒美に望みがあれば何物でもつかわす」と言われ、「願わくば、眼一眼を下しおかれますよう」と願い出た。さあ弱ったと頭を抱えた綱吉だったが、側用人の柳沢吉保にでも知恵を借りたのだろう、「本所一つ目に屋敷を賜る。さあ、一つ目をやるぞ」と約一九〇〇坪の土地を与えた。和一はその土地の半分を使って、「惣録《そうろく》屋敷」（主に関八州を統括する江戸本所一つ目におかれた盲人組織および役所）を建てた。そのころ、盲人が位階を取得するためには、はるばる京へ上って「職屋敷」（近世、京都に置かれた盲人の自治的な統轄機関。全国の盲人を管理・監督し、官位などの事務を取り扱ったところ）で手続きをしなければならなかった。その労苦を解くために江戸にも京と全く同じ権限を持つ組織をつくったのである。元禄五年の五月、ついに杉山検校の目的は達成された。それから二年後の元禄七年五月、杉山和一は八四歳で没した。

本文中にも記しましたが、杉山和一の業績のうち後世への影響も含め、大きな事柄を三つ挙げるとすれば、「管鍼法」の考案、鍼按教育施設としての「杉山流鍼治導引稽古所」の開設、そして「惣（総）録屋敷」を建てたことだろうと思います。

特に、「管鍼法」考案に当たっては面白い逸話が残されています。江戸の山瀬琢一に破門され、生まれ故郷の伊勢へ帰ろうとして、とぼとぼ路を歩いている時、石につまずき倒れた際、体に刺さるものがあったので見てみると、細い竹の筒と松葉でした。この偶然の出来事から「管鍼法」を創案したといわれています。この話は、江の島においてはこの地で起こった出来事として伝えられており、つまずいたとされる石が江の島神社参道の途中に「福石」と名付けられて残っています。また、管は細い竹の筒ではなく、丸く筒状になった枯葉ともいわれています。和一がそのとがった松葉を抜き取った瞬間、ひらめくものを感じ、思わずこう叫んだのではないでしょうか。「これだ！　この方法ならば簡単に、しかも正確に壺《つぼ》を刺激できるはずだ。大発見だ。これこそ弁天さまのお告げだ。やった、やった！」と。いずれにしても、鍼管という道具を使って施術する「管鍼法」の普及・発展は、とりわけ、目が見えないというハンディを持つ盲人にとっての画期的な新発見・大発明だったのではないでしょうか。
さて、ある個人に関する「伝記物」、あるいは「歴史物」と呼ばれているもののなかには、いわゆる「偉人物」として描かれているものが多いように思われます。この「杉山検校」も後半部ではそんな傾向が見られます。和一が検校になったのは六一歳の正月のことでした。徳川四代将軍家綱や同五代将軍綱吉らの庇護のもと、「鍼按稽古所」の開設や「惣（総）録検校」になったことなどに関するところです。ただ、この物語における後半部の記述は、ほぼ史実をまとめたものであり、読物としては「管鍼法」を創始するまでの並々ならぬ和一の努力や、無器用ではあるが、誠実で温厚な人柄に焦点を当てた方がいいと思います。この点については原作でも次のように触れています。

すぎやま　けんぎょーわ　えのしまに　なぬかかん　だんじきして　まんがんの　とき　くだばりを　さづけられたと　いわれ　そー　かいして　いる　ひとが　おおい
それでも　さしつかえわ　ない　しかし　しんぶつの　ちからで　あたえられたにして　かずいちの　しょーがいの　しんけつを　あまり　こーたん　へけいに　つつみすぎて　いる　かずいちわ　ちょーにんげんてきの　もーじんでわ　なかった　たれとも　おなじほどの　にんげんで　あった

杉山検校は江の島に七日間断食して、満願の時、管鍼を授けられたといわれ、そう解している人が多い。それでも差し支えはない。しかし、神仏の力で与えられたにして、和一の生涯の心血をあまり荒誕不稽《こうたんふけい》（根拠がなくでたらめなこと）に包み過ぎている。和一は超人間的の盲人ではなかった。誰とも同じほどの人間であった。

このような人物像を再確認することによって初めて、「和一はとぼとぼと旅に発った……」という冒頭場面（書き出し部分）で作者が何を訴えようとしていたのか、わかるような気がしました。

＊長谷川伸「杉山検校」『点字大阪毎日』一〇五号（一九二四年　大阪毎日新聞社）

〈参考図書〉
・今村鎮夫原作『杉山和一　――目の見えない人たちを救った偉人』（二〇一一年　杉山検校遺徳顕彰会）

菊池寛「石本検校」の石本検校

今から紹介する菊池寛の「石本検校」は、『サンデー毎日』一九二三年一〇月五日号と、『文藝春秋』一九二三年一一月号に掲載されたものです。私がテキストにしたのは『菊池寛全集第三巻』（一九九四年　文藝春秋）ですが、そのなかでページ数にしてわずか六ページほどの超短編です。それでも「山椒は小粒でもぴりりと辛い」の如く、大変面白い作品です。では、あらすじから紹介します。

将棋指しの天野富次郎と石本検校とが、一緒に深川松井町の茶屋「金万」を出たのは子《ね》の刻（夜中の零時を回ったころ）だった。検校は早朝から天野と四番指して二番負け越してしまったのだ。同じ芝の町に住んでいた天野と検校は、いやでも一緒に帰らねばならない。一緒に帰ることは、勝った天野にはさほど不快ではなかった。しかし、四番指して一度しか勝てなかった検校には、天野と一緒に帰ることはどうにも収まらない気持を家まで背負って行くことになる。

天野は前年の春から将棋修業のため諸国を遊歴し、この夏に江戸へ帰ったばかりだ。遊歴中、九州や四国、大坂（現在の大阪）などで天下無敵といわれている相手を次から次へ打ち破り、彼が帰らぬ前から江戸中の評判だった。生来、がんこで負けず嫌いの検校は、この若い天才の名声をあまり好ましく思っていない。永代橋にかかるまで、二人は黙って歩き続けた。

やがて、検校は橋の上で「だが、何せ生まれつきの盲目ではなあ。見える眼で盤面を睨んでいるのと、心眼に浮かべているのとでは。わしの眼が開いていたらなあ……」と言い出した。それを聞くと、天野はむっとした。「それだ。検校は二言目には、盲目を持ち出す。勝った時には盲目を持ち出して、自分の勝利に花を飾る。負けた時には、盲目を持ち出して、今度はこちらの勝利に傷をつける。ずるい、卑怯だ」

「それなら、盤なしで勝負してみよう。だが、盤があるかないか、あんたには見えぬだろうから、道を歩きながら指そう。それでどうだ」と、天野は自信があったわけではないが、検校を誘う。「よろしい、お相手しよう」と検校も応じた。相手が心眼で指すなら、こちらも心眼で指してやる、と真剣の立合いでも始めるように、二人とも殺気を含んで勝負に臨んだ。「7六歩」と先手は天野で、「3四歩」と検校が後手で答える。歩きながらの勝負が始まった。「2六歩」・「4四歩」、「2五歩」・「3三角」とそれぞれのやりとりが続く。そして、検校は一町ばかり歩いてから叫んだ。「敵は紛れもなく『向かい飛車』だ」と。その後、検校はますます形勢不利に陥る。「6八金スグ」・「1四歩」、「1六歩」・「5一角」と二人の勝負は天野が有利なまま続く。検校は立ち疲れてしゃがんでしまった。思案する時間が長くなる。そして、「同飛ナル」と天野は検校の飛車を奪った。検校は往来の真中にうずくまったまま動かなくなる。それは、天野にとって愉快な追撃だった。さらなる攻撃が容赦なく検校を襲った。「7三角ナル」という天野の声を聞いて、検校はうつむいたまま半刻ばかりも立ち上がらなかった。彼の苦悶は大きかった。往来の上で悶えた。

夜がほのぼのと明け切って、行手に橋が見えた。天野はそれが京橋であることに気がついた。

二人はそこから黙々と芝口まで歩いた。芝口で別れる時、天野はあいさつした。「さようなら。いづれ近日中に！」と。検校はそれに答えなかった。虎の門の方へとぼとぼ帰って行く盲人の後姿を、天野は長い間立って見ていた。

特に、将棋好きな人であれば、天野富次郎と石本検校との真剣勝負を作品に描かれた棋譜（あらすじではほとんど省きました）の通り、駒を動かしてみるのも面白いでしょう。実際に残っている棋譜が、幕末に実在した人物たちを動かしていくのですから、想像するだけでもほんとうに楽しいことです。

天野と検校が歩きながら対局したような、将棋盤を使わないでおこなう将棋のことを「目隠し将棋」といいます。当時は「めくら将棋」と呼ばれていたようです。盤を見ることができないため、頭のなかに盤を描いて、手を考えていくものです。やり方は通常の将棋と同じですが、盤と駒は用意せず、対局する二人が駒の移動先を棋譜読み上げ方法に従って、例えば、「7六歩」・「3四歩」（算用数字が縦、漢数字が横の位置）などと、声で伝えることによって対局を進めていきます。高度な技術と記憶力が要求されます。

この作品では、永代橋上から京橋手前までそのほとんどが棋譜読み上げ場面で占められています。将棋がわからない人にとっては、ただ単なる数字と駒の名前の羅列に過ぎず、全く面白くない場面展開でしょう。しかし、ここに描かれている通りに頭のなかで駒を動かすことができる人にとっては、二人の火花散る対局場面が再現でき、時間の経過に従って次第に追い詰められていく検校の表情や心模様、天野のほくそ笑む顔などが手に取るようにわかって、大変面白いと思います。将棋でいう棋譜は、音楽の楽譜のようなもので、その動き方を追ってみると、まるで音符が動いているようです。いろいろな音色が聞こえてきそうです。検校の音は短調で重く、天野のそれは長調で誇らしげに聞こえてきます。棋譜読み上げの間に入る、二人の心象表現や行動描写がそのことをよく物語っています。原作の一部を抜き書きしてみましょう。

（棋譜読み上げ場面　以下ほぼ同じ場面展開）

「しめた。角道を止めた。」

天野は、心の中で欣《よろこ》んだ。彼は、敵が角道を止めてくれると、いつも指し易い気がした。

「うむ。四間《しけん》飛車だな。」天野は、心の中で更に安堵した。彼は、遊歴中、四間飛車に対するあらゆる場合を、研究してゐる。

検校は、一町ばかり歩いてから叫んだ。敵はまぎれもなく向ひ飛車だ。

二人は、軒先に半刻ばかり立つてゐた。検校は立ちつかれてしやがんでしまつた。

検校の思案は長かつた。

「四九飛。」
と指して天野は、会心の微笑が、おのづから頬に浮んだ。

検校の思案は、更に長かつた。

天野は、英気颯爽《さつそう》として叫んだ。

天野は、一挙にして敵営を突いた。

雨が、小止みになつたので、いつの間にか二人とも歩き出してゐた。天野の目には、東の空がほのぼのと白んでゐるのが見えた。

天野は、敵の飛車を奪つた。

検校は、往来の真中にうづくまつたま丶動かなかつた。魚河岸へ行くのだらう。若い衆が、二三人勢よく駆け通つた。

それは、天野に取つては、愉快なる追撃だつた。が、青白い検校の顔に、苦悶の色がアリアリと浮ぶのを見ると、天野も面《おもて》を背けずには居られなかつた。魚の眼のやうに白い眼を、さし込まれるにつれて、くるくる動かした。

検校の苦悶は、大きかつた。彼は往来の上で、もがいた。

検校は、うつむいたま丶半刻ばかりも立ち上らなかつた。

時間の流れに沿って抜き書きしただけなので、細かなところはわかりにくいかもしれませんが、検校の徐々に追い込まれていく様は理解できるかと思います。

読者はこの作品に触れることで、「目隠し将棋」やその対極の面白さ、将棋名人同士の息詰まるような緊迫感を味わうことができます。と同時に、私は別の視点から見て、「めくら」（障害者）と「目明き」（健常者）が、対等に描かれていることにも興味を持ちました。というのも、このような作品の場合、往々にして障害者の能力を過剰に評価して描いたり、その反対に不十分な理解のまま描かれる作品がけっこう多いからです。この作品では初めのうち、盤を用いない対局に不安を抱いていたのは、むしろ天野の方で、検校の方には意地こそあれ、心眼勝負なら勝てると思っていたのではないでしょうか。ところが、そうは問屋が卸しませんでした。勝てない、と悟った時の検校の気持ちを知るにつけ、却って憐憫の情さえ湧いてきます。

将棋名人の升田幸三は『王手　ここ一番の勝負哲学』という本のなかで、作中の石本検校の姿を見て、「それでとうとう、負けてしもうた。もうあんたにはどうこう言わん、頭をさげる」と天野に向かって敗北を認めたような書き方をしていますが、検校の身になって考えた場合、果たしてそうなのだろうかとも思いました。「さようなら、また近日中に！」という天野のあいさつを無視して、無言で立ち去った検校の胸の内をどのようにとらえたらいいのでしょうか？

※なお、棋譜の読み上げ方の表記について、原作では縦横ともに漢数字を使用していますが、本書ではわかりやすくするため、現在用いられている表記法「縦を算用数字、横を漢数字」にしています。

※「向かい飛車」とは、将棋の戦いの序盤で、右翼にある飛車を大きく左へ展開し、相手の飛車先を逆襲《しけん》しようとする戦法のことをいいます。

※「四間飛車」とは、振り飛車のなかで、先手ならば飛車を六筋に、後手ならば飛車を四筋に振る

戦法のことをいいます。「四間」とは、振った位置が左から数えて四マス目であることから名づけられました。

※「角ナル」とは、角の本来の動き方に加えて、左右前後に一マスずつ動けるようになることをいいます。

※升田幸三は一九一八（大正七）年広島県生まれの将棋棋士です。一九五七（昭和三二）年に「名人位」を獲得し、「王将」・「九段」とあわせて三タイトルを独占しました。独特な風貌と鋭い棋風により人気を博した人で、一九九一（平成三）年に亡くなりました。

＊菊池寛「石本検校」『菊池寛全集』第三巻（一九九四年　文藝春秋）

山田風太郎「からすがね検校」の平蔵

明和九年一月三日の朝、江戸木挽町の往来に打ち倒れている一人の若い盲人があった。暮からふり出した雪はすでに人の膝も没するばかりにつもり、さすがに人のゆきかう通りはのけられているが、それだけに道の両側はいよいよ雪がうず高く、それになお霏々《ひひ》としてふりつづいているので、その朝、そこを通る人間は決して少なくなかったのに、路傍に倒れている者の姿がなかなか発見されなかった。

一匹の犬が吼えついたので、はじめて気がついたのである。

「おや、誰か倒れておるではないか」

「正月早々、行倒れか。——」

雪をかぶったその人間を掘り出して、

「おう、乞食座頭じゃな」

と、彼らは舌打ちした。


瀕死状態にあったこの盲人は、すぐ近くの柳生家に担ぎ込まれました。これが知る人ぞ知る、後に「からすがね検校」と呼ばれるようになった平蔵が江戸へ最初に現れた時の憐れな姿でした。雪深い越後の小千谷から鍼灸術師をめざしてやって来た、不格好で醜い顔の青年（一九歳）でした。たまたま発見したのが柳生道場の門下生であり、担ぎ込まれた先が柳生家だったことが幸運にもこの盲人の運命を大きく変えたのです。これより遭遇するさまざまな出来事や事件のなかで、権謀術数をめぐらし、やがて検校にまで昇りつめた「悪逆非道」な人物の物語の始まりです。以下、そのあらましを書いてみます。

柳生家奥医者の石坂宗哲《そうてつ》は、昨年元服した柳生但馬守俊則《としのり》の一子又右衛門が引きつけを起こしたため、たまたま、屋敷に来診していた。その医者から盲人の容体や素性などを聞き出していた但馬守は、何を思ったのか、「猫は斬らずともよい。その座頭を斬れ」と又右衛門に命じた。さらに、「柳生逆風剣の儀には、本来ならば猫などはふさわしからず、斬ってよい人間があれば人に越したことはない。この日、行倒れの盲人が迷い込んで来たとはもっけの幸せ、斬って見い」と表情一つ変えずに言う。又右衛門は再び蒼白な顔に戻ってしまった。宗哲などは、彼がまた引きつけを起こすのではないかと心配するほどだった。

「柳生逆風剣の儀」とは、正月三日、道場稽古初めの日にその年の干支にちなんだ動物を斬って、肉を鍋として集まった門弟たちにふるまう恒例行事である。もともとは「柳生の干支鍋」とかいっていたものを、但馬守の代になって「逆風剣の儀」などと重々しい名をつけたのである。どうしても手に入らない干支の年（寅・辰・未など）には猫を食った。新刀の斬れ味を試す意味もあるのだろうが、それよりも生き物を斬るという行為、それを大鍋にして食うという行為によって、代々将軍家の指南役たる豪快の風を養う意味の方が大きいといえるだろう。

道場横の庭に引き立てられた盲人は堪ったものではない。悲鳴をあげて、大暴れに暴れた。あまりに騒ぐので、高弟の一人が「おまえはこれより柳生逆風剣の儀の生贄《いけにえ》として命を捧げるのだ。助からぬ命を助けられたご恩に報いるのだ。せめて、将軍家ご指南のお家の役に立つことをありがたく思って観念しろ」と訓戒を垂れた。盲人は静まるどころか、さらにわめき続けた。

そこへ愛息を引き連れた但馬守が現れる。たとえどんなに非道なことであれ、父親の命令に背くわけにはいかない。又右衛門は覚悟を決め、盲人斬殺の場に臨んだ。盲人はといえば、但馬守たちが庭の一角に姿を現したあたりから、急に黙り込んでいた。又右衛門が刀を抜きはらった時、「おっ、お待ちを」と声をあげた。周囲の者は皆、顔を見合わせた。盲人の口から次に出た言葉は意外なものだった。「金を取ってくだされ！　胴巻にある三〇〇文《もん》。江戸へ来る道中、按摩をして稼いだ金でございます」と。虚を突かれた感じの但馬守は、「座頭、金で命乞いをするのか」と言った。「そうではありません。せっかくの三〇〇文という金が血びたしになるのはもったいないではございませんか」と落ち着きはらった声で言葉を返したのである。雪の庭に異様な静けさが広がった。少し経って但馬守が呻《うめ》きながら言った。「こやつ、試し斬りにするには惜しいやつじゃ。助けてとらす」と。

その後、命拾いした平蔵は宗哲宅に引き取られました。盲目の割には思いのほか勘働きがよく、算盤などの仕事もできるので、主人の宗哲からは言うまでもなく、周囲の者からも認められるようになります。しかし、……。

平蔵は宗哲宅の中間部屋《ちゅうげん》でおこなわれている賭博に手を染めるようになった。染めるといっても実際に金を賭けるのではなく、ばくちをする中間たちに金を貸すために傍らに座っているだけである。それがいつの間にか、寺銭稼ぎの胴元になっていた。やがて、平蔵は宗哲宅を離れ、何十両何百両もの金を動かす高利貸しへとのし上がっていった。巷では「からすがね勾当・検校」と呼ばれていた。「からすがね」とは、カラスが鳴く翌朝には、元利そろえて金を返さなければならないという、きびしい取り立て方から名づけられた。実際、その取り立ては峻烈《しゅんれつ》を極めたといわれる。返金しない相手がいると、武士であろうと何であろうと、玄関先・門口まで押しかけて、大声で「金を返せ！　金を返せ！」とわめき立てる。なかには返すことができず、裏口から逃げ出す者、家財を売りとばしてやっと返金する者、ゆすられて娘を奪われる者まで出てきたのである。ただし、借りた側の武士のなかには、取り立てにやって来た盲人たちを槍で追いはらったり、踏み倒す者まで現れ、「金借りてこお（う）りざとうを噛みくだくー」（菓子の氷砂糖と高利座頭をかけている）というような狂歌が生まれたりもしている。

文化元年、五一歳にして彼はようやく検校になった。公式には米山検校と名乗ったのである。当時、すでに彼は三〇万両の現金と江戸市中に一〇ヵ所の地所を所有しており、常時四人以上の女人を抱えていたといわれる。まさに、「強欲非道」な男の典型のような人物であった。

そして、時代が幕末に向かう途上で、あれほど天下に名を馳せた名家柳生家も飛騨守（又右衛門）の代になると、登城無用の沙汰を受けるまでに落ちぶれてしまった。その間、常に柳生家と関わりを持ち続けた「からすがね勾当・検校」は、又右衛門の縁談を利用して柳生家に五〇〇〇両もの金を貸し付けた。それは又右衛門には裏切りの金であり、柳生家には恩を売るものであったが、いずれにしても前代未聞の大芝居を打ったのである。その後も金力と策略を弄して、自分自身の権威と権力を拡大するために養子縁組を強行したり、女人や物の掠奪を繰り返していった。そして、最後に、柳生家を衰退に向かわせるという野望を果たしたのである。七一歳で没するまでに何と一〇〇万両の金を貯め込み、地所は一七ヵ所も有したのであった。

以上、盲目の身ながら一代で巨万の富を築いた「悪徳検校」の生涯を駆け足で追ってみました。「勾当五百両、検校千両」といわれた時代に、そのものずばり、「強欲非道」な生き方を貫き通し、最高位まで昇りつめた一盲人の生き方をどのように考えたらいいのでしょうか。「からすがね検校」は実在していた人物です。前記のように「米山検校」その人だといわれています。「幕末の剣聖」と呼ばれた男谷《おだに》下総守信友は孫で、勝海舟も同じく孫に当たります。(史料によっては勝海舟を曾孫と関係づけているものもあります) このような家系からしても、悪徳非道な人物などと誤った俗説が流布していることに、関係者は歎きもし、抗議もしているといわれています。では、この小説に描かれている人物像はすべて虚像なのかといえば、そうとも言い切れません。作者はいたるところで実在した歴史上の人物を物語に登場させ、縦横無尽に活躍させていますし、明らかに虚構だとわかる場面でも驚くほど多彩な人物たちを登場させ、その人間模様の複雑さに思わずうなり声をあげさせるほどの迫力を持って描いています。つまり、どちらが実在していた人物なのか、それとも非実在の人物なのかわからなくなりますし、何が善で何が悪なのかも判然としなくなります。そのぐらい複雑怪奇で、読者の頭のなかを混乱させるに十分過ぎるほどの描き方をしています。『幕末妖人伝』の冒頭を飾るにふさわしい、実に奇々怪々な作品だといえます。

ところで、「からすがね」とはすでに触れたように、江戸時代、座頭が幕府から許されて、官金（江戸時代盲人が官位を得るために幕府へ納めた公金）を高利で貸し付けた金のことをいいます。利率は一日に二分・三分から一割という驚くほどの高金利で、借り入れた翌日の早朝までに元金と利息を返済する決まりでした。ここまで極端ではなくても、返済期限が三ヵ月以内という非常に短いものが多かったようです。そのなかには、一万数千両から数万両にも及ぶ大名貸しをしていた検校もいたのですから、ほんとうに驚きです。そもそも、金貸し業は「札差」（江戸時代、蔵米取りの旗本・御家人に対して、蔵米の受け取りや売却を代行して手数料を得る業務のほか、その蔵米を担保にして金融業をおこなった商人）の専売特許のような仕事でしたが、「からすがね検校」が活躍し始めた元禄の終わりごろから座頭たちが参入するようになりました。法外な金利の貸金であっても、無茶苦茶な取り立て方であっても、幕府お墨付きの金融業ということであれば、借りた側は文句の一つも言えません。こうして「からすがね検校」たちは公儀から保護される立場をフルに利用して、大名なみに、あるいはそれ以上の暮らしを維持することができたのです。とはいえ、決して左団扇で暮らしてきたわけではありません。むしろ、死に物狂いで毎日毎日を送ってきた盲人たちのことを考えると、「からすがね検校」を一方的に「悪人」呼ばわりするのではなく、盲目という大きなハンディがあるにもかかわらず、貨幣経済の萌芽期をダイナミックに、エネルギッシュに、そしてしたたかに生き抜いてきた人物としてとらえるべきなのかもしれません。参考までに、作品の最後に書かれている作者の言葉を紹介します。

——人も知るように、後年幕府を護る大剣士団「講武所」が編成されたとき、その頭取となったのはこの男谷下総であって、柳生はその名のみあって影もない。
これを読者は、絶望的な物語と思われるか。それとも希望にみちた物語と思われるか。

作者はこの物語を絶望的なものととらえるか、希望に満ちたものととらえるか、その選択を読者に委ねています。読者の一人でもある私はここへ来て、いったいどちらを選択したらいいのか、大いに迷ってしまいました。

＊山田風太郎「からすがね検校」『幕末妖人伝』（一九七九年　講談社）

四　異彩を放った隻眼・薄明の戦国武将たち

■井上靖「風林火山」の山本勘助

若き日の山本勘助については、すでに「塚原卜伝」のところで簡単に触れています。修行中の勘助が一六、七歳ごろ京都で卜伝に出会い、その後ともにした半生が描かれています。作中では、物語展開上重要な人物として描かれていますが、あくまで脇役としての登場に留まっています。もちろん、井上靖とは違う作家（中山義秀）の作品であり、描かれている年齢や扱われている題材も全く違います。「風林火山」では、主人公の山本勘助が、やがて一〇年にもなろうとする駿府（現在の静岡県静岡市）における今川家の牢人（浪人）暮らしにけりをつけ、甲斐国（現在の山梨県）武田家へ仕官しようとしているところから始まります。年齢も五〇歳近くになっています。そして、武田晴信（後に出家した信玄）から軍師・兵法家として最も信頼されたその後の十数年間が描かれています。

そもそも、山本勘助はつい最近まで、歴史上実在していた人物かどうかさえわかりませんでした。『甲陽軍鑑《こうようぐんかん》』という江戸時代初期に甲州流の軍法・兵法を伝える目的で編纂された軍書に、城取り（築城術）や陣取り（戦法）に長《た》けた足軽武将として登場して以来、その印象が講談などに受け継がれ、さまざまな形に脚色されていきました。その後、いくつかの資料（史料・文書など）にも勘助らしき人物は登場しているのですが、資料によって生没年がまちまちであったり、史実とはかけ離れた逸話がまことしやかに伝えられたりしており、実につかみにくい人物であることには違いありません。ですから、長い間架空の人物として扱われてきました。一九六九（昭和四四）年に『市河家文書』という新史料が発見され、実在性が立証されたといわれています。

事実、「風林火山」の作者である井上靖自身も勘助の史実性には疑いの眼を向けていたようです。この長編小説は一九五三（昭和二八）年一〇月から翌年一二月にかけて『小説新潮』に一五回にわたって連載されたもの（単行本としては一九五五年に新潮社から刊行）であり、新史料発見以前に発表された作品です。では、この辺であらすじを紹介してみます。

牢人（浪人）暮らしをしていた山本勘助は、駿河国今川家の家老庵原忠胤《いはらただたね》の庇護のもと、安倍川沿いの破《や》（荒）れ寺に寄宿していた。駿府に来てから一〇年近くの歳月が流れた。今川家（今川義元）への仕官を望んでいたが、いつまで経っても何の音沙汰もない。最近、彼は甲斐武田家への仕官を望むようになっていた。同じような野心を抱いている青木大膳という牢人をそそのかし、ある謀《はかりごと》を巡らす。武田家の重臣板垣信方《いたがきのぶかた》が今川家居館を訪れた後襲撃させ、自分が板垣を救い出している間におぬしは身を隠せ、という芝居を打つことをほのめかす。板垣に恩を売って、二人とも武田家に仕官できるよう計らうとの約束で。しかし、勘助は初めからそんなつもりは全くなく、板垣を助けると同時に大膳をも始末した。彼はこの出来事をきっかけに、武田家仕官の糸口をつかんだ。そして、板垣信方を救助してから一年半後、計画通り武田家へ仕えるという夢が叶った。

武田家中《かちゅう》では重臣甘利虎泰《あまりとらやす》など、勘助を忌み嫌う者もいたが、二三歳の青年国主晴信に重用された。勘助はこの雄々しい青年武将の請《こ》われるままに、諸国各地の地理から人情・風俗、そして軍の編成まで、諸国遍歴の様子などを饒舌に語った。晴信は一つひとつの話に満足げな表情を浮かべてうなずいた。いつしか勘助は居並ぶ重鎮たちを尻目に、軍略・政略上における判断なども求められるようになる。

まもなく、晴信は二万の大軍を率いて信州諏訪へ侵攻した。諏訪の豪族諏訪頼重《すわよりしげ》を討つためである。勘助は合戦をせず、和睦することを進言した。が、これは彼の謀略であり、頼重が三度目に甲府の武田居館を訪れた際、晴信の意中を察して謀殺した。

諏訪平定のため乗り込んだ高島城で、頼重の娘（由布《ゆぶ》姫）に出会う。侍女たちの覚悟にもかかわらず、自害を拒む気丈さと美しさに心を動かされた勘助は姫を助ける。その後、武田と諏訪との宥和のため、由布姫を晴信の側室にしようといろいろ画策するが、仇敵の側室になることだけはどうしても受け入れない。説得工作も遅々として進まなかった。しかし、正室三条の方に侮言を吐きかけられたりした姫は、「武田の家へ諏訪の血を入れてみましょう」と哀しく応じる。その翌年、晴信と姫の間に四郎（勝頼）が生まれた。

それからの勘助は、心底から仕えることのできる晴信と由布姫のために、数々の信濃攻略に臨んだ。当面、信濃攻略において晴信は北信の豪族村上義清と戦うことになる。「上田原の合戦」で板垣信方が戦死したが、その村上軍を勘助の献策・奇策によって危うく打ち破った武田軍は、いよいよ越後の長尾景虎（後の上杉謙信）と雌雄を決することになる。由布姫は二五歳という若さで病死したが、勘助は密かに勝頼が武田家の総帥となることを夢見ながら川中島の戦いが近づいてくるのを待った。

山本勘助は一五六一（永禄四）年「川中島の合戦」で討死しました。夜陰に乗じて一気呵《か》成《せい》に上杉軍を殲滅する作戦を立てたのですが、この秘策は敵陣にすっかり読まれており、霧が晴れた翌朝、逆に不意打ちを食らう結果になってしまいました。勘助が最初にして最後の失策を演じてしまった合戦だったのです。軍略においては謙信の方が、一枚も二枚も役者が上のようでした。

では、これまで山本勘助は武田晴信率いる軍勢を一手に任され、どのような軍略を駆使して数々の合戦に挑んでいったのでしょうか。諏訪頼重や村上義清のほか、作中では信州を中心にして多くの地方豪族や名家を攻撃し、服従させたり滅亡させる様子がほぼ史実に基づいて描かれています。その際、晴信は勘助にさまざまな軍略や政略について下問（自分より身分・年齢の低い者に対して物事を尋ねること）しています。勘助はそれに答えて、ある時は自制や我慢を強いたり、またある時は大胆かつ意表を突くような奇策を進言したりしています。その実戦的スローガンが紺の絹地に金粉で「疾《はや》きこと風の如く、徐《しず》かなること林の如く、侵掠すること火の如く、動かざること山の如し」と二行にわたって大書された「風林火山」の旗印になりました。つまり、「戦というものは敵をだますことである。だから、軍が移動する時は風のように速く、陣容は林のように静かにして敵方にも見破られにくく、攻撃は火のように勢いよく、陣形を崩さないのは山のように」ということになるのです。

作品の冒頭で、勘助が青木大膳を斬殺した場面が描かれています。これは「だまし討ち」であって、それ以降展開する勘助の軍略・政略に関する考え方を暗示しています。実際、由布姫の父親諏訪頼重も勘助の「だまし討ち」に遭って殺害されました。すると、勘助に対するイメージが、傲岸不遜・残虐非道・酷薄非情など、もうこれ以上の四字熟語が見つからないほどの残忍な悪党になってしまいます。しかし、毎日が生きるか死ぬか、崖っぷちに立たされているような生活を送っている戦国武将たちからすると、「だます」という行為にはあまり心の痛みを覚えなかったのではないでしょうか。むしろそこに、ある種の「美的好奇心」

のようなものすら見いだしたのかもしれません。少なくとも、江戸時代中期以降見られるようになった、「『だまし討ち』は卑怯な行為だ」というような近世的武士道観や儒教的道徳観に縛られていなかったことだけは確かです。

さて、「片端者」（障害者）としての勘助は、作中においてどのように描かれているのでしょうか。隻眼であった彼は異形・異相の姿であることが強調されて描かれています。例えば、一章の半ばほどで次のような姿で登場します。

剣は行流《ぎょうりゅう》の使手で、今川家の家臣の中で彼に立ち向えるものはないと噂《うわさ》されている。併《しか》し、誰も実際に彼が剣を執《と》ったのを見たこともなければ、戦場に臨んだ話も、人を殺傷した話も聞いていない。恐らくこの行流の使手であるという噂の蔭《かげ》には、彼の異相がかなり大きい役割を勤めていると思われる。

身長は五尺に充《み》たず、色は黒く、眼はすがめで、しかも跛《ちんば》である。右の掌《て》の中指を一本失っている。年齢は既に五十歳に近い。

「眼はすがめで、しかも跛である」と、けっこう強烈な表現で勘助の姿かたちが描かれています。この強い表現に引きずられがちですが、「行流の使手であるという噂の蔭には、彼の異相がかなり大きい役割を勤めていると思われる」と書かれている箇所に注意を向けるべきだと思います。というのも、「姿かたちが異相である」というハンディを抱えているが故、その妖《あや》しさ・不気味さが、却って勘助の内面方向へも働き、その奥底に潜んでいる強靭な精神力や、常人にはうかがい知れぬような野望に対する恐ろしいほどの執着心、そしてそこから生まれた天から賦与されたような戦国武将としての才覚を天下の武田晴信に認めさせた、と読み取れる箇所でもあるからです。

最後に、由布姫との関係からいえば、姫は勘助のことを容貌を含め、初めのうちは大変嫌っていました。彼の言動を決して信用していません。しかし、勝頼誕生後は少しずつその呪縛を解いていきます。勘助は勘助で、姫の一番の理解者・協力者としての役割を果たしていくようになります。戦国女性が抱えていた哀しいまでの「愛と憎しみ」というような世界から一番遠いところで生きていた勘助からすると、姫の晴信に見せる激しい感情の起伏や、一見して無茶だと思われる行動にはいつも眉をひそめていました。が、物語の後半では、ともにかけがえのない主従の関係へと変化していきます。それはある意味で晴信との関係と同等、あるいはそれ以上のものだったのかもしれません。川中島における勘助討死のラストシーンが、その「情感」を一番よく物語っています。

勘助の一生の中で、一番静かな時間が来た。相変らず叫声と喚声は天地を埋めていたが、それはひどく静かなものに勘助には聞えた。

（中略）

すると、こんどは由布姫の顔が現れた。由布姫は、彼女が機嫌のいい時見せた笑い方で笑った。玉を転がすように、その声は転がって来た。

「その傷は何ですか。生れつき見られない顔なのに、またそんな重傷《いたで》を負って！」

非難をこめて言う独特の由布姫の言い方の快さが、勘助の心を痺《しび》れさせた。

その時、

「山本勘助と見受けるが――名を名乗れ！」

まだ若々しい声が聞えた。若い武士に討たれることが、勘助は何か満足だった。

「いかにも、武田の軍師、山本勘助」

言うや否《いな》や、勘助は、己《おの》が生命を断つ冷いものが、さっと首すじに走るのを感じた。

＊井上靖「風林火山」新潮文庫『風林火山』（二〇〇六年　新潮社）

宮本昌孝「紅楓子の恋」の山本勘助

作品のタイトル「紅楓子《こうふうし》の恋」から異彩を放った戦国武将の山本勘助を連想するのは、なかなかむずかしいことかもしれません。戦国時代の軍略家であり、異様な姿をしていたといわれる勘助のイメージからすると、タイトルが示すような鮮やかさや艶《あで》やかさがストレートに伝わってきにくいからです。しかし、この短編は武田晴信（信玄）の軍師として後世に名を馳せた山本勘助を主人公にした「恋愛小説」です。れっきとした「恋愛小説」と言い切っていいのかどうか私にもよくわかりませんが、すでに紹介した井上靖の「風林火山」とはずいぶん趣きが違うことだけは確かです。では、内容紹介から入ります。

山本勘助は今川家に使える山本図書《ずしょ》を父親として、戦国の世に駿河国富士郡（現在の静岡県富士市）山本村に生まれた。色黒で左眼がつぶれており、手指は極端に短く、頭ばかり大きく体は骨ばって小さかった。「鬼子」と呼ばれた。歩けるようになってからも「跛《びっこ》」であることがわかった。だが、人知れず猿のような俊敏さを身につけ、長じて兵法にすぐれた資質を示すようになる。

やがて、彼は三河国宝飯《ほい》郡牛窪（現在の愛知県豊川市牛久保町）城主の家臣である大林家へ養子に出される。そこでも彼の異様な容貌が災いして、皆から気味悪がられ、養父から廻《かい》国《こく》修行を勧められた。厄介払いだなと感じつつ彼は内心大いに喜んだ。そもそも、三河の名もなき小城主の臣下で生涯を終わるつもりは全くなかった。

以来、西国を経巡《へめぐ》ることになる。が、自らの醜貌が故、なかなか仕官できない。食うに窮して洛中で辻斬り強盗にまで成り下がる。ある日、昼間のうちから若い僧侶を襲うことがあった。が、その僧はいっこうに恐れるふうもなく、「今は金品の持ち合わせがないから」と妙心寺まで案内する。「当寺にあるものは何でも持っていかれるがよい」と平然と言う。人間としての品格を思い知らされた勘助は狂乱し、寺内にあるものを片端から切りつけていった。が、すぐ我に返った彼は恥じ入るようにそこから逃げ去った。

それから何か見えざる力に引き寄せられるようにして、いつしか勘助は紀州高野山に登っていた。そして厳寒の最中、食も睡眠も絶って摩利支天堂に籠って七日目、遂に霊験あらたかな摩利支天が彼の目の前に現れた。手を伸ばして触れようとすると、すぐ消えてしまう。が、懐には白檀《びゃくだん》で造られたわずか一寸二分ほどの摩利支天座像が残った。

以後、勘助は放浪一五年を経て、兵法家としての自信を得た。その彼が生涯唯一無二の女《にょ》性《しょう》に会ったのは、あの妙心寺の僧に今一度会ってみたい、と上洛した時のことである。僧はすでに居なかったが、帰り道の参道で、紅葉した楓と間違えて、漆の枝を手折ろうとしている童女を見つける。年のころ、六、七歳ぐらいであろうか。公家の娘であることがすぐ知れた。かぶれたら大変なことになる、と勘助は走り寄って危ういところを助けた。しかし、直後現れた侍女たちの金切り声や、公家侍たちの罵声に退かざるを得なくなる。そんななか、勘助は紅葉した楓の一枝を切り取って、恭しく参道に置く。それを見ていた童女がにこっと笑った。

ここまでが、この作品の初めから四分の一ぐらいまでのあらすじになります。勘助が切り取って参道に置いた真っ赤に色づいた一枝の楓と、それを見てにっこり笑った童女の顔とが二重写しになって、文字通り「紅楓子の恋」の行方を暗示しています。この二人はその後どうなるのだろう、と読者に大きな期待感を持たせます。

時は流れ、勘助は武田晴信に仕える。ある酒宴の席で勘助は晴信から正室三条の方を紹介された。三条の方と視線を合わせた瞬間、その美しい顔立ちが妙心寺で出会った童女の面影と重なった。まさかと思ったが、間違いない。その日から夢にも現にも三条の方の姿がよぎっては消えることなく、勘助を悩まし続けるようになる。合戦の合間に甲府へ戻った勘助は、三条の方が病の床に伏せっていることを知る。晴信は諏訪ご寮人を側室に迎えてから三条の方を疎ましく思うようになっていた。三条の方が病に冒されたのは心労のために違いない、と勘助は思った。或る晩、寝所へ天井裏よりひそやかに下りて、苦しげな寝息を立てて眠っている三条の方を見守る。翌朝、目覚めた三条の方は枕元に置かれている紅葉の美しい楓の一枝を発見し、目を輝かせた。

勘助は合戦が続くなかでも、依然として三条の方への恋情に懊悩《おうのう》していた。楓の一枝を寝所に残してきて以来、寝所へのしのび込みがやめられなくなっていたのである。この上は、と勘助は煩悩を振り捨てるために剃髪を決心する。たまたま、晴信の招きで甲府へ来ていた高名な僧侶に出会って、勘助は驚く。あの時の妙心寺の僧ではないか。今では、快川紹喜《かいせんじょうき》と名乗る禅宗の大僧侶となっている。この僧に「道鬼《どうき》」と授号（出家名を授かること）してもらった。

善光寺平への出陣が明日に迫っていた。長尾景虎（上杉謙信）との四度目の対決である。勘助は自らの禁を破って、三条の方の寝所（天井裏）に忍び込んだ。これが今生の別れになると……。だが、そこで見たものは、晴信が正室の密通を疑い、三条の方を打擲《ちょうちゃく》しているところだった。「紅楓子か、おそらく貧乏公家の成れの果てでもあろう」と言葉を残して晴信はその場を去った。

この作品の面白さは、武田晴信の正室三条の方を勘助が恋慕する女性として描いているところにあります。井上靖の「風林火山」に登場する諏訪の由布姫は勘助が思慕する女性に留めています。身分の違いから、切ない心情を決して口にはできないという、封建社会における主従の関係についてては二作とも変わりありませんが、男女の関係を描いているところを見てみると、ずいぶん違っていることに気がつきます。「風林火山」のなかでは、三条の方は諏訪の由布姫をいじめる、いわゆる「悪女役」として登場し、勘助からすると、憎き忌まわしい存在として描かれています。一方、「紅楓子の恋」のなかでは、勘助が寝ても覚めても忘れられない恋い慕う美貌の女性として描かれています。二作とも物語の主人公は山本勘助という戦国武将に設定されています。その男が慕う女性の姿・心模様がフィクションとはいえ、作者のとらえ方・作品によってこうまでも変わってしまうものだと驚きました。

さて、「片端者」（障害者）の山本勘助は、この作品ではどのように描かれているのでしょうか。「風林火山」に登場する山本勘助もそうなのですが、隻眼が故に合戦に際して支障をきたしたとか、日常生活を送っていく上で不自由さを感じたとか、というふうには描かれていません。内容紹介の冒頭でも触れたように、「色黒で左眼がつぶれており、手指は極端に短く、頭ばかり大きく体は骨ばって小さく、歩けるようになってからも『跛』であることがわかった」というように、生まれつき異相の姿かたちをした人物として描かれています。隻眼は、総体としての「障害」の一つに過ぎないのかもしれませんが、とはいえ異相の姿かたちを象徴する大きな「障害」の一つだったことには違いありません。

童女であったころ、勘助の醜い容貌を恐れなかった三条の方は、晴信の正室になった今もその心情は全く変わりません。変わらないどころか、人から蔑《さげす》まれ、恐れられた異様な姿そのものも含め、愛の心を持って受け入れたのではないでしょうか。先にも触れたように、二人の間に横たわる身分的上下関係については如何《いかん》ともし難いところがありますが、愛情関係においてはその壁はなかったような気がします。それをラストシーンが明らかにしてくれています。

川中島の壮絶な会戦の報が、躑躅《つつじ》ヶ崎館にもたらされたとき、三条の方の朱唇より最

初に放たれた短い一言は、

「勘助は」

であった。

討死と聞くと、三条の方は、瞑目して微笑んだという。手に小さな摩利支天座像を握りしめていた。

鬼子と童女が初めて結ばれたのである。

山本勘助に関する伝説や逸話は昔から数多くあります。『甲陽軍鑑《こうようぐんかん》』に始まり、江戸時代に入ると歌舞伎演目や講談などにも登場するようになりました。そして、今では物語や小説に登場するのはもちろんのこと、映画・テレビドラマから漫画まで幅広いジャンルで取り上げられるようになりました。こうしたジャンルの広さもさることながら、描かれる人物像の多彩さや史実性にも大きな幅があり、ほんとうに謎多き人物として紙面や映像上で大暴れしています。その多くは「軍師としての生きざま」を描いていますが、謎多き人物が故、本作のように「恋愛小説」仕立てにしているものもあれば、新田次郎の長編小説『武田信玄』のなかに出てくる勘助は隻眼ではありません。いずれにしても、フィクションが故、自由自在に、大胆に歴史上の人物や伝説上の人物を取り上げることができるのだと思いました。それらをどう解釈するかは、もちろん、読者一人ひとりの読み解き方・読み取り方に任せられています。

※なお、摩利支天とは、陽炎《かげろう》を神格化した女神のことをいいます。常に身を隠し、護身や勝利などを司る神であり、日本では武士の守護神とされています。作中でも詳しく紹介されています。

※「紅楓子の恋」は、『小説トリッパー』（朝日新聞出版　一九九八年秋季号）に発表されました。

＊宮本昌孝「紅楓子の恋」　徳間文庫『義輝異聞 将軍の星』（二〇〇三年 徳間書店）

〈参考図書〉

・末國善己編『短編集　軍師の生きざま』（二〇〇八年　作品社）

海音寺潮五郎「伊達政宗」の政宗

今回は、伊達政宗が家督相続するまでの簡単な生い立ちを紹介してから本文に入ります。

伊達政宗は「独眼竜」という異名を持ち、知略に長《た》けた勇猛果敢な戦国時代の武将としてよく知られた人物です。父伊達輝宗《てるむね》（伊達家第一六代当主）、母義《よし》姫（輝宗の正室　最上《もがみ》義守の娘）の嫡男として、一五六七（永禄一〇）年出羽国（現在の山形県）米沢に生まれました。幼名を梵天丸《ぼんてんまる》といい、一五七七（天正五）年元服して伊達藤次郎政宗と名乗りました。一五七九（天正七）年政宗が一三歳の時、三春城主田村清顕《きよあき》の娘愛姫（当時一二歳）を正室に迎えます。一五八四（天正一二）年輝宗の隠居に伴い家督を相続し、伊達家第一七代当主となりました。

政宗が一八歳になった秋のことで、織田信長が本能寺に倒れてまだ二年しか経っていない時のことです。

この物語は、杉林のなかに仕立てられた奇妙な小屋のある風景描写から始まります。霞網や山鳩など、鷹を捕えるための罠《わな》が仕掛けられています。鷹匠が去った後、まだ若い武士が一人残っていました。「残っていた若い武士」とは、わずか一ヵ月前に家督を継いだばかりの政宗その人のことです。主人公の政宗は、作中において次のような容姿で登場します。

骨太のたくましいからだだが、年は十八、九、二十にはまだなるまい。強い線で、ぐいぐいときびしく引いた感じの、いかにも男性的な引きしまった顔立ちをしているが、右の眼が白濁していた。よほどに子供の時に悪くなったのであろうか、左の眼は異常なくらい大きくて光が強いのに、右眼は十分に発育しなかったらしく、眼裂も小さく、少しくぼんでさえいた。

このような容貌はその後の政宗の生き方や、数々の非情ともいえるふるまいにも大きく影響していったことを暗示しています。引き続き、物語の概略を書いてみます。

一八歳という若さで家督を継いだ政宗の顔には、いつも憂うつ気な、絶望的な表情が厚く張り付いていた。この家督相続には伊達一族、とりわけ実母である最上御前（義）からも反対されており、したがって、家臣や領民の評判もよくなかった。政宗が母に疎まれるには理由があった。幼いころ重い疱瘡《ほうそう》（天然痘）にかかり、顔中黒いあばただらけになり、右眼を失明した。そんなわが子の顔を見て、最上御前は愛情を失ってしまったのである。やがて、弟の竺丸《じくまる》（小次郎）が生まれ、ますます政宗を疎んじ、さらに憎むようにさえなっていった。以来、政宗は内にこもるような性格に変わっていき、世の中を恨むようにもなった。

しかし、父輝宗と守役の片倉小十郎だけは違っていた。二人とも政宗のなかに潜む才知あふれる資質を見抜いていたのである。その後、次から次へと繰り広げられていく合戦での活躍ぶりがそれを証明している。政宗にも少しずつ自信のようなものがついていった。

家督を継いで早々、小手森城主大内定綱《さだつな》が帰順を申し出た。政宗は、蘆名《あしな》家で起きている家督相続が絡んでいる、と初めから見破っていた。そのことを承知の上で帰順を許した。もともと、伊達家に服属していた定綱であったが、めまぐるしく主家を変転としている油断ならぬ人物であることはわかっていた。この定綱が、服属を装い政宗を裏切ることになる。激怒した政宗は定綱に使者を送ったが、再び伊達家中には戻らないという返答を受ける。それもそのはずで、定綱には蘆名家と佐竹家という後ろ盾がついていたのである。政宗は蘆名討伐の軍を動かす。激戦の末、定綱の居城を落とした。政宗が生涯の運命を賭けて戦った大内征伐は成功したのである。世間の政宗を見る目も一変した。米沢にいた父輝宗の喜びも一入《ひとしお》であった。

合戦が終わった後、敵将定綱を泊めたことを認めた二本松城主畠山義継《よしつぐ》は、弁解のための書状を政宗の大叔父伊達実元《さねもと》を通して送ったが、政宗はこれを許さなかった。義継はやむなく隠居中の輝宗に使者を送り、救いを求めた。政宗は父親を介して泣訴してきた義継を結局許さざるを得なくなる。しかし、御礼にとやって来た義継によって輝宗は捕縛されてしまう。まんまと謀《はか》られたのである。鷹狩りに行っていた政宗だったが、急遽逃走する義継を追った。人質の輝宗を手中にしている義継は、このままでは阿武隈川を渡って自領（二本松城）へ逃れてしまう。政宗は決断した。「お家のためだ。死んでいただく。父君もろともに撃て」と絶叫した。

この事件の後、再び蘆名・佐竹の連合軍が政宗に襲いかかってきた。だが、これを退けた政宗はやがて奥州一円に覇権を広げていく。さらに関東へもその勢力を伸ばしていこう、と心密かに誓った。

その後も文字通り「弱肉強食」の戦は止むことなく続いていきます。豊臣秀吉の命による小田原城攻め（北条氏討伐）、奥州各地における一揆や反対勢力の制圧、朝鮮出兵に伴う肥前名護屋（現在の佐賀県唐津市鎮西町名護屋）への出張りと朝鮮半島への渡航等々です。

小説ではその後、弟小次郎の斬殺・母最上御前の会津から山形への追放、「政宗に謀反の意あり」の疑念を払うための上洛等々の事件や出来事を描きながら結末へと向かっていきます。また、豊臣秀吉を初めとして、徳川家康・前田利家・浅野長政らとの権謀術数を尽くしたやりとりも、数多くのエピソードを通して興味深く描かれています。

「伊達政宗」は一九六二（昭和三七）年五月から一九六四（昭和三九）年四月にかけて『文芸朝日』に連載されました。文庫本にして七〇〇ページにも及ぶ大長編歴史小説です。政宗が家督を相続した一五八四（天正一二）年から、関白秀次の失脚に伴い謀反の疑惑を解くために上洛する一五九五（文禄四）年までのおよそ一一年間を描いています。天下分け目の決戦といわれた「関ヶ原の戦い」の五年前に当たります。政宗は徳川の世になっても奥州の雄（仙台藩主）として君臨し、死没年は一六三六（寛永一三）年ですから、この小説に描かれている政宗は彼の前半生期に当たります。

戦国武将のなかでも政宗は特異な位置を占める人物だといわれています。秀吉の天下統一が着々と成し遂げられていく時代とはいえ、奥州はまだまだ京の都からは遠く離れた片田舎であり、大小さまざまな地方豪族たちが所領拡大のために、血眼になって戦っているところでもありました。混沌とした群雄割拠の地で生き残るということは、弟を斬殺したり、生みの母を追放したり、そして実の父親の死を見殺しにしたりすることでもあったのです。非情で、残酷ともいえる所業に打って出ざるを得なかった若き藩主の胸の内はいったいどのようなものだったのでしょうか。

ただ、海音寺潮五郎の「伊達政宗」の面白さは、合戦譚におけるわくわくするような物語展開や、調略・謀略を駆使して諸豪族を打ち倒していくはらはらするような場面展開だけにあるのではありません。史実から何か「生臭い人間像」のようなものを浮き上がらせ、読者に届けたい、という作者の並々ならぬ息遣いが感じられる、そんなところが面白いのだと思います。それは、政宗の野心を隠せない「生臭さ」といってもいいでしょう。作中でもいくつかの面白いエピソードが紹介されています。例えば、北条氏征伐の際、小田原に「死に装束」で遅参したり、秀吉に言い訳をするため「金の磔柱《はりつけ》」を掲げながら上洛したり、吉野の花見では奇抜な扮装をして秀吉を喜ばせたりする場面等々です。これは、明らかに秀吉の派手好みを見抜いた上での演出です。また、合戦の最中相手をだますために仮病を使ったり、たまたま休息を取るために立ち寄った百姓家の娘を無理やり城に上げさせ側室にしたり、謀反を証拠立てる密書が見つかったにもかかわらず「知らぬ存ぜぬ」を貫き通したりするようなことも引き起こしています。こんな政宗を作者は、「横着者」と呼んでいます。「横着」とは一般的には「怠けること・楽をすること」のイメージが強いのですが、「わがまま・図々しい・ずるい」というような意味もあります。政宗の性格や行動の一面を表したものですが、「なるほど、なかなか面白い表現もあるものだな」と思いました。一〇代後半まで引きずっていた陰鬱な、弱々しい性格も消えてしまったようで、不屈な気概を胸に秘め、少々不利な状況を迎えても奇抜なアイディアと図太い神経でその局面を乗り切っていった政宗の姿が目に浮かび、激動の時代を生き抜いてきた彼の憎々しいまでの面魂がうかがえるような気がしました。

では、隻眼である政宗は作中でどのように描かれているのでしょうか。「作者は隻眼という身体的ハンディをどのようにとらえているのでしょうか?」などと設問しても作品の性格上、あるいは物語の展開上、あまり意味のないことかもしれません。しかし、「このような容貌はその後の政宗にとっての生き方や、数々の非情ともいえるふるまいにも大きく影響していった」ということを再考してみると、政宗にとって重い十字架を背負わされていたことには違いありません。作中において、政宗が隻眼であるが故に不自由であったり、不利な出来事や事件に遭遇したというような具体的な場面が描かれているわけではありませんが、それでも自分の容貌に関する心情を幼いわが子に語ったり、悔しさをにじませるような描写は何箇所かあります。ただ、このような場面はよほど意識していない限り素通りしてしまい、ほとんど印象にも残りません。むしろ、それらを覆い隠してしまうような派手な場面や、仰天するような政宗の前代未聞の言動に飲み込まれてしまうことでしょう。すでに述べてきたように、政宗は一見すると豪放磊落《らいらく》な気性であるようにも見えますが、実のところ、密やかなコンプレックスを抱えつつ、動乱の時代を生き抜いてきた戦国武将だったのかもしれません。

「たとえ病で失ったとはいえ、親よりいただいた片眼を失ったのは不孝である」という政宗の遺言により、死後作られた木像や肖像画のほとんどはやや右眼を小さくして両眼が入れられています。この遺言に秘められた政宗の思いとは、いったいどんなものだったのでしょうか。

＊海音寺潮五郎「伊達政宗」　人物文庫『伊達政宗』（二〇〇八年　学陽書房）

■司馬遼太郎「馬上少年過ぐ」の政宗

ここに、ひとつの情景がある。

独眼の老人が、庭上に毛氈をしかせ、桃の花のあかるむほとりにすわり、おのれの生涯を回顧しながら盃をあげている。弱年のころ志をたて、権力という不可思議なものに焦がれ、それがためにときにはふりまわされ、ときには愉悦し、半生を戦場ですごし、常ならぬ生涯をおくってしまった。

「馬上少年過ぐ」

老人が晩年につくった高名な詩の第一句である。

馬上少年過ぐ
世平らかにして白髪多し
残軀天の赦すところ
楽しまざるをこれ如何せん

この老詩人が、伊達政宗である。

「桃の花のあかるむ」時とは、まだ春浅きころ。遠く望む峰々には真っ白な雪が残っています。やっと春を迎えたばかりの奥州仙台の地はまだまだ寒かったことでしょう。しかし、激浪の人生を送ってきた晩年の政宗に降り注ぐ春の日差しの何とあたたかいことか！　そよぐ春風の何とやわらかなことか！　戦場に馬を馳せた青春の日々を懐古しつつ、静かに杯を傾けています。長いようで短かった年月は遠く過ぎ去りました。戦国の争乱期に遅れて僻遠の地に生まれたが故に、奥州の梟雄《きょうゆう》（残忍で猛々《たけだけ》しい様）としての位置に留まらざるを得なかった伊達政宗の生涯を描いた短編「馬上少年過ぐ」の書き出し部分からこんな一情景が浮かび上がってきました。

伊達政宗は戦術や治世に長《た》けていただけでなく、すぐれた詩人でもありました。作者の司馬遼太郎はそんな政宗をとらえて、中国三国時代の武将で、政治家・詩人でもあった曹操《そうそう》によく似た人物として描いています。タイトルにも引用された「馬上少年過ぐ」の一句は政宗の晩年の述懐を詠んだ詩だとされています。「戦に明け暮れた少年期のほとんどは、馬上で過ごした。今や、天下泰平の世。自分の髪の毛も真っ白になった。戦国の世を生き延びたわが身。老後ぐらい好きに楽しまないでどうするのだ。天もきっと許してくれるだろう」というような意味の詩だと思います。

では、作品の内容紹介に入ります。史実に関する詳しい描写は、海音寺潮五郎の「伊達政宗」や略年譜などを参照してもらうことにして、ここではそれ以外のエピソードを中心に紹介してみます。

冒頭、詩人として紹介された政宗は、その後「この人物はその生母にきらわれた」というような描かれ方で登場する。もちろん、生母とは政宗の実母義《よし》のことで、疱瘡《とうそう》による容貌の変わりようや右眼の失明、陰鬱で気弱な性格など、幼少期の梵天丸《ぼんてんまる》（政宗）が忌み嫌われる要素はいくつもあった。「幼少の彼は自分の片目を恥じ、嫌悪し、これは晩年になっても変わらなかった」と作者は述べている。

「ぜひ、お家のために竺丸《じくまる》を」と義は伊達家の相続者を政宗の弟にするよう、夫の輝宗《てるむね》に訴えた。が、輝宗は「まあ、考えておこう」といつでも煮え切らない返事でその場をごまかす。相続者のことについては、家中《かちゅう》でも噂《うわさ》になっている。当然、梵天丸付きの乳母である喜多《きた》の耳にも入った。喜多は異父弟の片倉小十郎とともに梵天丸の養育係として、伊達家内で重要な役割を果たした人物である。梵天丸の毒見役をずっと勤め、「若様、朝の日を飲みなされ」などと、政宗の少年期に覆っている陰気さ、気おくれ、そして並はずれた臆病さをどのように取り除こうかと苦慮し、大いに励ましたりもした。また、万海《ばんかい》上人（名取郡根岸村の山中に堂を構え修行していた隻眼の僧侶）と義が夢のなかで交わって梵天丸が生まれたという出生伝説を彼に語って聞かせた。当時、隻眼は民衆の間で「神」とされており、彼女なりに梵天丸を励まそうとしたのであろう。

やがて、梵天丸は元服し、伊達藤次郎政宗と名乗る。輝宗はまだ壮齢といえる四一歳であったが、家督を若き政宗に譲った。相続をめぐる両派の抗争が、家臣団の分裂というところまで行こうとしている現状を見抜いていた輝宗はそれを未然に防ごうとし、思い切った処置を施したのである。

伊達家では米沢城で祝賀の宴を開いた。諸方から多くの使者たちがやって来て、城下は大いににぎわった。そんななかで「おかしな男が来ている」と接待役の家臣の間からささやき声が漏れた。すぐ、政宗の耳にも入った。その男とは以前伊達家の家臣であった大内備前守定綱《さだつな》という人物である。彼は政宗を裏切り、逃亡した。彼の背後に会津の蘆名《あしな》氏がいる。政宗は大軍を率いて会津攻めにかかる。しかし、会津勢はよく戦い、伊達勢を寄せつけない。最初の采配であるこの戦に半年を要した。が、何の収穫もない。政宗は不意に兵を返し、備前が守る小手森城を攻撃した。備前は援軍の二本松城主畠山右京亮義継《うきょうのすけよしつぐ》（蘆名氏の配下）とともに奮戦した。政宗は備前と右京亮を取り逃がしたものの、戦死を覚悟したこの戦に勝利した。

その後、恭順を装った右京亮に輝宗が捕縛されるという事件が起こった。右京亮は人質の輝宗を伴ったまま阿武隈川を渡って、二本松城へ逃れようとしている。しかし、政宗勢の鉄砲隊に追い詰められる。政宗の「撃て」の号令のもと、一〇〇丁あまりの鉄砲が火を噴いた。右京亮は輝宗を斬殺し、自らの命も絶った。

このように、物語は政宗の非情ともいえる決断によって終焉を迎えようとしています。ここで阿武隈川における惨状を原文によって再現してみます。

このとき、政宗はおそるべき決断をした。

――殺すべきである。

とおもった。輝宗のなま身と、伊達家の運命とを交換することはできないであろう。

政宗はこのとき十九歳であった。

（中略）

鞭を鳴らした。声をあげたが、すでに嗄《か》れていた。鞭をあげ、河を指し、ふたたびあの河を指し、その間、ひとつことばだけを絶叫した。撃て、ということである。

伊達勢はすでに堤の上に五百人はひしめいていた。そのうち百人の者が鉄砲をもっていた。その百挺の鉄砲が天をふるわせ、川面に水煙の幕を張り、やがて水を赤く染めた。右京亮はなおも屈せず、ななめに浅瀬を駈け、河原の小高いあたりにのぼるや、刃をあげ、輝宗を刺し、さらに刺し、この人のいい伊達家の隠居のからだがぼろぎれのようになるまで刺しに刺し、その血のなかで腹を切って死んだ。

政宗は輝宗の死後、伊達家における完全な独裁権を得ます。ただ、その権力のために払った代償はあまりにも大きく、悲惨なものでした。政宗が二四歳の時、母の義は彼の食膳に毒を盛って、政宗を亡き者にしようとしました。が、未然に発覚し、事なきを得ます。発見直後、政宗は「小次郎は純情な若者である。しかし、彼が生きている限り、伊達家の禍は絶えない」と実の弟である小次郎の胸を刀で刺し殺してしまいます。この報せはすぐ義に伝わり、彼女は身の危険を知り、その夜のうちに城を抜け出します。政宗はそれを願っていたのでした。

このように度々、若き日の政宗は異常ともいえる行動に走っています。ただ、「この若者はすでに権力という魔術的な、人をつねに異常にし、異常なことがむしろ勇気とか智謀とかということで賞讃されうる不可思議な世界に身もこころもゆだねている。このばあいかれは異常であるべきであった」と作者が語っているように、一青年武将が生き抜いていくためには、いや伊達家を守り発展させていくためには、その異常さは時代が彼に課した至上命令だったのかもしれません。それにしても、戦国時代という争乱の真っただなかとはいえ、実父の死を自らの手で演出せざるを得なかったり、あえて骨肉の情を断ち切るような行為に出た背景を考えてみた時、「時代」のなかに潜む非情さと残酷さに改めて恐れのようなものを感じました。

「馬上少年過ぐ」は、政宗が上洛の際作ったといわれる次のような歌の紹介で終わっています。この歌を口にした時、私は冒頭の詩に感じたおだやかさとともに、何かしらほっとするものを感じました。辞世の歌も合わせ、七〇歳でこの世を去った政宗を偲《しの》び、遥か奥州の地に心寄せたいと思います。

咲きしより今日散る花の名残りまで千々に心のくだけぬるかな

「桜の花は咲いたが、今、目の前で散っている。その散る花の名残りを惜しみ、楽しみながらもわが身の行く末に、つい心を奪われてしまう」という歌で、徳川の世になっても何かと思案しながら生きていくことだろう、と率直な心情を吐露しています。

曇りなき心の月を先立てて浮世の闇を照してぞ行く

直訳すれば、「この世から自分は去るが、澄み切った月のような心で、これからも先の見えない浮世の闇を照らしながら行く」となるでしょうか。いずれにしても、「独眼竜」とか、「梟雄」とかいわれた政宗のイメージとは全く違う姿が浮かんできます。文人としての側面から政宗を描いたところにこの小説の面白さがあります。

※なお、この作品は『別冊文藝春秋』第一〇六号（一九六八年　文藝春秋）に発表されたものです。

＊司馬遼太郎「馬上少年過ぐ」『司馬遼太郎短編全集』第一二巻（二〇〇六年　文藝春秋）

■吉川英治「大谷刑部」の刑部

七月の上旬である。唐黍《とうもろこし》のからからとうごく間に、積層雲の高い空が焦《や》けきった鉄板みたいにじいんと照りつけていた。

――真っ黄いろな埃《ほこり》がつづく。

淀《よど》を発した騎馬、糧車、荷駄、砲隊、銃隊などの甲冑《かっちゅう》の列が、朝から晩まで、そして今日でもう七日の間も、東海道の乾きあがった道を、続々と、江州路から関ヶ原を通り、遠く奥州方面へ向って下ってゆくのであった。

吉川英治の短編「大谷刑部《ぎょうぶ》」は、ぎらつく夏の太陽のもと、きびしい行軍を強いられた軍馬と軍兵が、あえぎあえぎ江州路から遠く奥州方面へと向かう場面から始まります。

家康の命を受け、小笠原秀政《ひでまさ》の手の者が炎暑の東海道を上っていく。反乱を引き起こした会津の上杉景勝《かげかつ》や直江山城守などの討伐のための行軍である。まだ、この辺は美濃の国だ。白河会津までは何百里もの行程である。「ただ今、ここを通りました御軍勢は、大谷刑部様の御家中《ごかちゅう》でございましょうか」と問う美しい娘が、桑畑の間から現れた。娘は風呂敷に包まれた箱のような物を大事そうに抱えている。否《いな》、と答えた小笠原家中の足軽は、「先刻通ってきた垂井《たるい》の宿にその名があった」と教える。娘は礼を言って、その場を離れた。

若い娘は教えてもらった通り、大谷刑部が泊まっている宿営を訪れた。そこは垂井の宿長《しゅくおさ》の邸《やしき》であった。「大谷刑部少輔吉継《しょうゆうよしつぐ》様御宿舎」と書かれた立札があり、塀には大谷家の紋を打った幕が張り巡らされている。刑部の乳母の娘であると名乗り、目通りを請《こ》うた。上杉討伐のため、諸将が先を争って兵を会津へと向かわせるあわただしい最中《さなか》である。刑部は、彼が好きだった麦菓子と関観音の守護札を届けにきたという乳母の娘（篠《しの》）と会う。篠がそこで見た刑部の容姿は異様なものだった。ぞっとするものを感じた。その人は左の腕を白布で吊り、白絹で頭巾のように顔を包んでいる。刑部は「業病《ごうびょう》」（もともとは仏教用語であったが、悪いおこないの報いとしてかかるとされた、治りにくく、つらい病気を意味する）であった。一〇年あまり前から兆候が現れ、今では一見してそれとわかる癩の相貌をしている。目もほとんど見えなくなっている。篠は刑部から黄金一〇枚をもらい、中風を病んで臥《ふ》せっている母のもとへ戻っていった。

前後して、石田三成の家臣樫原《かしはら》彦右衛門が使者としてやって来た。今度の上杉討伐に、三成の子息隼人も従軍することになっていたので、刑部が引き取る手はずになっていた。ところが、使者は三成の子を連れて来ず、大事な話があるからと三成の居城である佐和山城への来訪を求めた。三成と家康との確執を知っているが故、刑部は軽々に返事ができない。いつまでも返答を渋っていたが、やがて彼の心は次第に佐和山に蟄居《ちっきょ》している不遇な友の方へ傾かずにはいられなくなる。「密かに参ろう」と明晩訪れることを約束した。

三成は刑部を迎えると、病状の悪化に心を痛める。それでも、家康に対する挙兵の企てをうちあけ、彼の応援を求めた。刑部は三成の計画を無謀であり、勝機なしと諌《いさ》めた。しばらくの間、二人は黙ったままだった。そうこうしているうちに、刑部は三成に勧められた茶の香りに、昔自らが仕出かした大失態を彼によって救われたことを思い出す。秀吉が催した茶会で、茶碗が太閤から順に回ってきた。すでに、そのころから病気の兆候が皮膚に現れており、茶碗のなかに鼻汁をこぼしてしまう。うろたえているところ、隣に座っていた三成が何事もなかったようにその茶碗を受け取り、そのまま茶を飲み干してくれたのである。刑部はその折の恩を改めて噛みしめ、三成と生死をともにする覚悟を固めた。

関ヶ原の戦いにおいて、大谷隊は小早川秀秋の裏切りによって壊滅する。刑部の首は最後まで残った家臣湯浅五助によって討ち取られた。

主人公の大谷刑部は実在した人物です。天正年間の初めごろ、秀吉の小姓となり、その後一五八九（天正一七）年に越前国敦賀郡に二万石を与えられ、敦賀城主となりました。癩（ハンセン病）を患っており、髪の毛は抜け落ち、眉毛もなく、顔は赤黒く腫《は》れあがり、目もあかりがほんのわずか見えるだけだったようです。視力に関することだけでも、大きなハンディがあったわけですから、当然日常生活を送っていく上でも、大変な労苦・不自由を強いられていたことでしょう。篠との会話のなかで刑部は、自分の年齢を三八歳と語っており、およそ一〇年前より病気の兆しが現れていたので、発症は二〇代半ば過ぎということになります。

作中では目の見えにくいことや容姿について、そしてこのような状態であることに対する自らの思いなど、あまり詳しく触れられていませんが、原文よりいくつか抜き書きしてみます。病状や思いの一端を少しでも知ることはできるかと思います。

髪は、禿《は》げ上がり、顔は赤黒い無気味な照りを持って、腫れた唇のわきには、紫いろの斑痕《ぶち》が出来ていて、人の二倍もあるかのように全体が畸形《きけい》に大きく膨《ふく》れているのだ。――無論、睫毛《まつげ》も落ち、視力も、燈火《あかり》がポッと見える程度で、眼の前、五、六尺のまわりしか見えないらしい。

（乳母の娘篠と会った時の様子　九六ページ下段～九七ページ上段）

「いや、……これがな」
と、刑部は、貝の肉のように赤く爛《ただ》れている自分の両眼を指さして云った。
「……飲むと、これがすぐ悪うなる。飲まいでも、近頃は、めっきり見えぬが」
「……見えぬ？」
「うむ……。そこにいるお許《もと》の姿も、墨で描いたようにぼっと影しか見えぬ。治部、晴々と笑った時のお身の顔を、もいちど見たいぞ」

（佐和山城で三成と会見している場面　一〇〇ページ下段）

「だのに、酒まで禁じて、もう四、五尺先すら見えぬ眼を、未練げに大事がるのは、これやまた、べつな理《わけ》というもの。……箸を取るとか、厠《かわや》へ立つとか、とかく身のまわりの些細事には、近侍の世話にもそうなりとうないでな」

（佐和山城で三成と会見している場面　一〇一ページ下段）

「……この眼が、見ゆるならば、そち達と共に、駈け下りて、手ずから一戦、武士《もののふ》らしい死に様を遂げたいとは思うが、この不自由。わしはわしで、死の途《みち》をとる。

（関ヶ原の戦いで家臣たちに最期を告げる場面　一一〇ページ上段）

例えば、この引用を参考にして大谷刑部の人物像を探ってみると、「大谷刑部は不治の病に冒されながらも『忠義と友情』に殉じたりっぱな戦国武将（知将）であった」となるのではないでしょうか。おそらく作品執筆に当たって、作者が抱いたモチーフもこの辺にあったと考えられます。私はこの点に加えて、「心耳心眼」（作中四番目の節）のなかで刑部が三成に語り掛けている言葉に注目してみました。

三成は、すでに両眼とも薄明状態にある刑部に向かって、「そんな身体で戦が出来ようか」と心配をします。知友の身を案じるとともに、徳川の命に従って上杉攻めに向かおうとしている刑部を牽制します。それに対してやや興奮気味に返答したのが、次のような言葉です。

「お身にも似合わんことを云う。一人と一人の太刀打すら、あれは剣でするのではない、精神《こころ》でする。いわんや、戦を眼でするか、眼で采配がとれようか。肉眼で見える陣地や兵のうごきだけを以て戦をする阿呆《こけ》があったら、たちまち敗《ま》けじゃ。――即ち将の采配は、十方無碍《むげ》の活眼でとる、活眼とは、心の眼《まなこ》。……吉継まだ心の眼まではつぶれん」
「――耳だ、この耳、これも心耳としてつかえば、居ながらに、天下のうごきを聴き、兵の跫音、弾《たま》のうなり一つでも、よく三軍の配備を知ることはできる。人間、鼻がのうても、眼を奪《と》られても案外、不自由はせんものじゃよ」
（佐和山城で三成と会見している場面　一〇一ページ下段）

この話を聞いた三成は、「いや、よくわかった」と納得した表情を見せます。心眼とは、物事のなかに潜んでいる姿を見抜く鋭い心の働きのことで、文字通り心の眼です。同じく、心耳も、心で聞き取ることで、言うまでもなく心の耳のことです。作中においてこの力が大いに発揮されたのは、皮肉にも「視《み》る！　聴こえる！」と刑部の胸に鏡のように映った関ヶ原の合戦場でした。まだ四〇にも届かない若き命を落とした地だったのです。

ところで、この作品が発表されたのは、一九三六（昭和一一）年に発行された雑誌『現代』の二月号でした。その翌年、一九三七（昭和一二）年七月七日には「日中戦争」のきっかけとなった「盧溝橋事件」（中国では「七七事変」）が起こっています。アジア・太平洋戦争が一気に拡大していった時代でした。時代が戦争に向かい、暗く閉塞的になっていくなかで、当時の読者は多くの困難（重い障害）を抱えながらも、「心眼・心耳」の力を信じて生きる刑部の姿に触れた時、どんな思いで彼を受けとめたのでしょうか。おそらく、主人公刑部に対する共感や感情移入の度合いは非常に強いものだったと思われます。それは例えば、封建制社会における男同士の友情や主君との固い絆などに対する讃美、桜の花がぱっと咲いてぱっと散るような、武士道的死生観に対する賛辞などとともに、大衆のなかにすうっと受け入れられていったのではないでしょうか?

＊吉川英治「大谷刑部」『吉川英治全集四八』短編集（二）（一九八三年講談社）

あとがき（一）

ここに紹介した五作品の主題は、「戦国の世に登場した武将たちの壮絶なまでの生と死」ということになると思います。そして、登場する主人公は三人が三人とも、隻眼、あるいは薄明状態という大きなハンディを抱えた人物です。作中では、山本勘助は自らの異相《ハンディ》を「武器《パワー》」に変えて闘い抜いた人物として、伊達政宗は幼少期における自らの容貌や性格に対する生母や一部家臣たちからの侮蔑的な扱いを、「反旗《バネ》」にして生き抜いてきた人物として、そして大谷刑部は不治の病に冒されながらも「忠義と友情」を守り抜いた人物として描かれています。

では、全編に渡って三人とも皆、勇猛果敢な武将としての姿だけが描かれているのかといえば、決してそんなことはありません。読み進むにつれ、戦国武将の雄々しい姿を浮かべつつ、行間にさり気なくにじみ出てくる「もう一人」の人物についても追ってみたくなります。山本勘助は、隻眼の上「跛足《はそく》」で、「風林火山」のなかの由布姫や「紅楓子の恋」に登場する三条の方を密かに思慕・恋慕するような、ある意味で純情な人物です。伊達政宗は、最期を迎えるにあたって「両眼を開けた肖像画・木像」を残すようにと遺言するほど、秘められたコンプレックスを抱き続けた人でした。そして大谷刑部は、「この眼が、見ゆるならば、その達と共に、駈け下りて、手ずから一戦、武士らしい死に様を遂げたい」と最後の最後になって自らの胸中を絞り出すようにして吐露した悲運の武将でした。

いずれにしても、私が「面白い」と思ったのは、一般的には「強き者」とイメージされがちな戦国武将たちが、三人とも「隻眼・薄明」（障害者）としての人生を送ってきたということです。「戦国物」を読む時、ともすると合戦譚や勇者としての武将たちだけに目を奪われがちですが、ちょっと視点を変えて「側面」からの戦国時代史や人物史などを眺めながら読むのも面白いと思いました。

五　学問・文化継承者としての盲人たちとその周辺の人々

■井上靖「天平の甍」の鑑真

鑑真は誰にもよく知られた人物です。六八八年唐（中国）の揚州（江蘇《こうそ》省）に生まれ、七六三年日本で没しました。奈良時代の渡来僧で、日本の律宗（戒律を守り実践することを教義とする仏教宗派）の祖といわれています。日本の学問僧の要請に応じ、五回の渡航失敗と失明にもかかわらず、七五三年死線を超えてやっとの思いで来日することができました。その後、七五五年東大寺に初めて戒壇を設け、聖武太上天皇・光明皇太后・孝謙天皇らに授戒（仏門に入る者に仏弟子として生きるための戒律を授けること）し、七五九年に唐招提寺を建立しました。

井上靖の小説「天平《てんぴょう》の甍《いらか》」では、日本からの留学僧普照《ふしょう》・栄叡《ようえい》らを中心にして、苦難に満ちた、しかし求道《ぐどう》者としての充実した日々が淡々と、かつ冷静な筆致で描かれています。中国における修行・受戒場面や、五度に及ぶ渡日計画の失敗、難船場面などが、取材や史実に基づいた史料から正確に記述され、六度目の挑戦でやっと日本の地にたどり着き、その後の東大寺戒壇設立・唐招提寺の建立、鑑真の入寂《にゅうじゃく》（僧侶が亡くなること）に至るまで、主に普照の目や耳を通して感動的に描かれています。なお、この作品は『中央公論』（一九五七年二月号から六月号まで）に連載され、同年一二月に単行本として刊行されました。

また、少し寄り道をします。鑑真といえば、私はすぐ奈良西の京にある唐招提寺のことが頭に浮かびます。若いころから何度も訪れるなかで、金堂や講堂の建物そのものの美しさや屋根の形の流麗さに目を見張り、とりわけ金堂に安置されている数々の仏像たちの神々しさに心惹かれたのでしょう。ただ、私の記憶はあいまいなもので、「乾漆鑑真和上坐像」を含め、その多くはおそらく美術書などで見たものと混同しているのだろうと思います。美術書といえば、土門拳の写真集『古寺巡礼』にもずいぶん感化されました。この豪華本は日本各地の古い寺院や仏像などを撮影した、全五冊からなる写真集です。美術出版社から限定出版されました。私も購入しましたが、当時としてはけっこう高価な買い物でした。唐招提寺は第二集に収録されています。

そして、私の記憶は突然、松本清張の『球形の荒野』へと飛んでいきます。この小説の冒頭部分が実に印象的だったからです。「主人公の女性は旅で訪れた奈良唐招提寺の受付で、偶然にも外交官であった叔父の筆跡（北宋の書家米芾《べいふつ》）によく似た名前を芳名帳に見いだす。

先の大戦末期に某中立国で亡くなったはずの叔父（実はほんとうの父親）は、独特な筆跡の持ち主で、記された名前こそ違うものの、よもや？　という思いが彼女の胸をよぎる……」という場面から始まります。私が好きなのは、主人公の女性が薬師寺を出て、唐招提寺へ向かう小風景（小道）を描いたところです。何気なく描かれていますが、実にいい道です。まだ私の目が見えていたころの、記憶に残る道は地道でした。目をつむったままの「鑑真和上座像」の顔とともにしみじみ思い出されます。

話を「天平の甍」へ戻します。自分の命を賭けてまでなぜ、日本の僧侶たちは中国へ渡ろうとしたのでしょうか？　当時、奈良には私度僧（自分で勝手に出家を宣言する僧）が多く現れ、仏教界が混乱し、ひいては世の乱れにも通じる、と危機感を抱いた聖武天皇を初め政府の中枢部の者たちは、伝戒師（僧侶に位を与える人）制度を確立させようとしました。そこで、遣唐使船に何人かの留学僧を乗せ、入唐させたのです。「天平の甍」に登場する普照と栄叡は、授戒できる僧を招請するため唐に渡り、戒律の僧として高名だった鑑真のもとを訪れたというわけです。日本の国から命がけで、はるばるやって来た二人の僧からの要請を受けた鑑真は、渡日したい者はいないかと弟子たちに問いかけます。が、危険を冒してまで日本へ渡りたいと希望する者は誰一人いませんでした。そこで、鑑真自身が渡日することを決意します。それを聞いた弟子たちも鑑真に随行することとなりました。その後、日本への渡航を五度に渡り試みましたが、さまざまな理由によりことごとく水泡に帰しました。その試みがどれほど困難なものだったか、最初の計画から年を追って記してみます。

最初の試みは七四三年の夏のことで、渡日を嫌った弟子が「この僧たちは海賊だ」と役人へ嘘の密告をしたため、日本僧たちは追放され、鑑真は留め置かれました。二回目の試みは七四四年一月のことで、この時は激しい暴風雨に遭い、いったん明州の余姚《よよう》へ戻らざるを得なくなりました。三回目は再び、出航を企てましたが、鑑真の渡日を惜しむ者の密告により栄叡が逮捕され、失敗に終わります。その後、栄叡は病死を装って出獄に成功しました。江蘇・浙江《せっこう》からの出航は困難だと判断し、鑑真一行は福州から出発する計画を立て、福州へ向かいます。しかし、この時も鑑真の弟子の密告に寄り四回目の計画も失敗しました。七四八年、栄叡が再び大明寺の鑑真を訪れました。熱心に懇願すると、鑑真は五回目の渡日を決意します。六月に出航し、舟山《しゅうざん》諸島（中国浙江省東シナ海に浮かぶ群島）で数ヵ月風待ちした後、一一月に日本へ向け出航しました。が、また激しい暴風雨に遭い、一四日間の漂流を経て、遥か南方の海南《ハイナン》島へ漂着します。鑑真はこの地に一年間滞留せざるを得なくなりました。七五一年、鑑真ら一行は揚州に戻るため海南島を離れます。その途上、栄叡が病死しました。揚州へ帰るまでに、鑑真は南方の厳しい気候や激しい疲労などのため、両眼とも失明してしまいます。それでも鑑真はあきらめませんでした。七五三年、秘密裏に遣唐使船に乗り込むことができ、遂に来日したのです。最初に試みた年から何と一〇年もの歳月が流れていました。

小説のなかで鑑真が登場するのは後半部からで、失明原因やその後の様子について、詳しくは書かれていません。主に、普照・栄叡ら弟子の目から見た鑑真像が描かれています。その意味で、この小説の主人公は普照（栄叡は途中で死亡）です。作中、普照（栄叡）以外にもたくさんの唐僧・日本僧たちが登場します。それぞれ魅力的な人たちばかりです。そのなかでも私は業行《ぎょうこう》という留学僧に心惹かれました。

業行は普照らとともに唐へ渡った留学僧の一人です。三〇年あまりの歳月をただひたすら寺々を巡り、写経に励んだ人です。これだけ見ても驚くべき人物だと思いますが、やっと日本へ戻れるはずの六度目の渡航で乗り込んだ船がまたもや暴風雨に襲われ、行方不明になってしまいます。普照とは違う船に乗って沖縄へたどり着いたあとのことでした。業行とおびただしい数の経典はいったいどうなったのでしょうか？　小説では普照の見た悪夢のなかに次のように書かれています。

二十日の暁方《あけがた》、普照は夢とも現実ともなく、業行の叫びを耳にして眼覚めた。それは業行の叫びであるというなんの証しもなかったが、いささかの疑いもなく、普照には業行の叫びとして聞えた。波浪は高く船は相変らず木の葉のように揺れていた。船は波濤の頂きに持って行かれては、波濤の谷へ落されていたが、船が谷に落ち込む度に、普照の眼には不思議に青く澄んだ海面が覗かれた。潮は青く透き徹《とお》っており、碧色の長い藻が何条も海底に揺れ動いているのが見えた。そしてその潮の中を何十巻かの経巻が次々に沈んで行くのを普照は見た。巻物は一巻ずつ、あとからあとから身震いでもするような感じで潮の中を落下して行き、碧の藻のゆらめいている海底へと消えて行った。その短い間隔を置いて一巻一巻海底へと沈んで行く行き方には、いつ果てるともなき無限の印象と、もう決して取り返すことのできないある確実な喪失感があった。そしてそうした海面が普照の眼に映る度にどこからともなく業行の悲痛な絶叫が聞えた。

この引用箇所が、「天平の甍」のなかで私に一番強い印象を残してくれたところです。業行は、渡日する船が風待ちのためしばらく停泊していた地（沖縄）で、普照に向かってすでにこんなことを述懐していたのです。

「貴方はどう思っているか知らないが、私が大使の船を希望したのは、自分の生命が惜しいためではない。私が何十年かかけて写した経典に若しものことがあったら取返しがつかないと思ったからです。あれだけは日本へ持って行かなければならない、律僧の二人や三人はかけ替えはあるが、あの写経には替るものはない。そうじゃないですか」

大使とは藤原清河《きよかわ》のことで、遣唐使船団の責任者のような人物です。鑑真らの六度目の渡日の際、第一船に乗り込みました。日本到着直前に遭難し、遠く中国南方の地まで漂流し、救助されましたが、再び故国の地を踏むことはありませんでした。同じ船に業行も乗っていました。乗船する際、彼は鑑真と同じ船に乗ることを拒否しました。船が遭難した時のことを考え、鑑真と同乗していた場合、自分の命以上に大切にしている経典の入った積荷より鑑真その人の方が救われ、おびただしい経典は海の藻屑に化してしまうことを恐れたからです。畏れ多くも「律僧の二人や三人はかけ替えはあるが……」と彼をして言わしめた本意はここにあったのです。そして、彼はこんなふうにも語っています。

「私の写した教典は日本の土を踏むと、自分で歩き出しますよ。私を棄ててどんどん方々へ歩いて行きますよ。多勢《おおぜい》の僧侶があれを読み、あれを写し、あれを学ぶ。仏陀の心が、仏陀の教えが正しく弘《ひろ》まって行く。（後略）」

しかし、皮肉なことに鑑真が乗る第二船と離れ、第一船に乗り換えたことによって、彼の命とともに膨大な数の経典も海の底へ消えてしまいました。実に、悲惨な話です。

最後に、タイトルにもある「天平の甍」についてひと言触れておきます。「甍」は遣渤海《けんぼっかい》使《し》の小野田守によって普照のもとへ届けられました。田守が帰国の際持ってきたものです。

唐国より渤海国を経て日本へ送られてきたことはわかっています。しかし、送り主がわかりません。「甍」は鴟尾《しび》（古代の建築で大棟の両端につけた飾り）でした。古いもので、あちこちが欠けている上に、太い一本の亀裂が入っています。普照にはこの鴟尾の形にかすかな記憶がありました。唐のどこかで見たものに違いありません。それを思い出そうとしましたが、どうしても思い出すことはできません。彼は唐招提寺建立の際、この鴟尾を差し出しました。その後、境内に入る度に普照はいつも金堂の屋根を仰ぎました。おそらく、仰ぎ見る先には崇高なまでに光り輝く鑑真和上の姿と、亡き栄叡・業行の姿とが二重写しになって見えたことでしょう。

＊井上靖「天平の甍」新潮文庫『天平の甍』（二〇〇四年　新潮社）

永井路子「氷輪」の鑑真

旅装をととのえた僧形が二人、奈良の西の京を馬の背に揺られてゆく。七六一年――天平宝字五年の初夏のことである。

供は数人、支度は簡素だが、かりそめの旅ではないらしく、秋篠川ぞいの道を北に辿りながら、時々後をふりかえる。風になぶられて青いゆらめきをくりかえす森の向うには薬師寺の塔ものぞいているのだが、彼らの視線は、わずかにそこからは外れていた。

何度かふりかえった後、先に立った体格のいい青年僧は、やっと思いきりをつけたように馬の歩みを早めた。厚みのある胸を反らせて軽く眼をつむっているのは、今しがたまで見ていた風景を眼裏《まなうら》に刻みつけようとしてであろうか。

ややあって、眼は開かれた。

翡翠《ひすい》いろの瞳であった。鼻梁高く、肌もこの国の人には似ず、白瑪瑙《めのう》の光沢《つや》を含んでいる。一月余り後、この碧眼の僧の姿は、東国の野に見出されるはずである。


このような書き出しで始まる作品は永井路子の「氷輪」です。まず、「天平の甍」に引き続き鑑真に関してこの小説を取り上げたことについて、簡単に触れておきます。作品は鑑真のことをいろいろ調べているうちに、たまたま見つけたものです。これまで永井路子にこんな長い、むずかしい歴史小説があることすら知りませんでした。この小説は『続日本紀《しょくにほんぎ》』(六九七年から七九一年までの編年体による歴史書)など、実にたくさんの史料を基にして書き上げられた作品です。しかも、史料を参考にしてというより、史料に新しい解釈を加えて書かれたものです。正直、作中に引用されている史料の中身を理解するだけでも至難の業でした。というよりほとんど理解できませんでした。さらに、当時の天皇を中心とする皇室家系やその変遷、そして藤原氏や大伴氏などの貴族間における勢力争いなど、政争にからむ人間関係や系図をしっかり押さえておかないと、物語の流れや内容がさっぱりわからなくなります。しかし、私がそうだったように少しでも歴史に興味ある人であれば、細かなところは通過しても、十分に面白く、楽しめる作品だと思いました。「内容的にはむずかしいけれど、面白く読める」とは？　そこが面白いところです。さらにつけ加えれば、「この世界を史料にフォローしながら発掘してゆくのは。猿轡をはめられたような窮屈な作業では決してない。これまで自明のこととされている事実に疑問を持ち。もう一度謎を解きなおしてみるとき、新しい何かが浮かび上がってくるに違いないからだ」という、作者のこの作品に対する並々ならぬ思いが伝わってきて、既存の歴史観に対する「挑戦状」を読んでいるような気がしました。と同時に、鑑真を初めとする唐僧たちに向ける眼差しのやわらかさと、あたたかさを感じる場面にも出会うことができます。内容紹介をしながら作中よりそんな場面が感じ取れる箇所も拾い上げてみたいと思います。古代に向かって想像力の翼を思いっ切り拡げて読んで見ると、その面白さがぐんと広がるような気がしました。

すでに紹介した「天平の甍」は、日本僧普照と栄叡ら一行がはるか大海原の果てにある唐土《もろこし》をめざし、奈良の都から難波津へと向かう場面より始まります。そして、彼らが鑑真に出会う前後の生活や修行場面へと物語は展開していきます。一方、「氷輪」は、鑑真の弟子である唐僧如宝《じょほう》と先輩格に当たる恵雲《えうん》の二人が、下野国《しもつけ》（現在の栃木県）の薬師寺に授戒のための戒壇を建てる任務を命じられ、奈良の地を離れる場面から始まります。その後、鑑真らが日本の地において授戒僧として、波乱万丈の生涯を贈った様子が独自の視点で描かれていきます。日本からの留学僧や、鑑真を筆頭に中国からの授戒僧たちの苦難に満ちた、だが求道者《ぐどう》としての充実した半生を知る上でも、この二作品をセットにして読んで見るのが面白いと思いました。

「氷輪」は、七五四年、鑑真一行が奈良（平城京）に到着してからの話が中心で、日本における授戒僧としての任務遂行を軸に、日唐僧侶間の抗争、奈良朝廷内外における政争の数々を、歴史の裏側をえぐり出すような筆致で描いていきます。物語のあらましは次の通りです。

鑑真たちは聖武上皇・孝謙天皇らを授戒し、引き続き八〇名を超える正式な僧を誕生させていく。その後、聖武上皇の死によって、大僧都良弁《だいそうずろうべん》（当時の仏教界を仕切っていた第一人者）を中心とする勢力と鑑真のもとに集まる勢力との対立が起こり、七五八年に鑑真は大僧都を解任される。解任により、東大寺から西の京の廃屋に近い新田部《にいたべ》親王の旧邸宅跡へ移り住むことになる。その場所に「唐律招提《とうりつしょうだい》」（後の唐招提寺）という寺が造られた。そこには、時の権力者であった藤原仲麻呂らの関わり（援助）もあった。

その仲麻呂は光明皇太后・孝謙天皇のもとに使え、陰謀と術策を弄して、思うがままに政治を動かしていくような人物であった。謀反や反乱が起こりそうになれば、密告者などを通じて芽のうちに摘み取ってしまい、敵対者を死罪・遠流などの刑に処し、政治的権力をわが手中に収めていった。光明皇后の死後、皇位継承を巡り、再び仲麻呂派と反仲麻呂派との政争が繰り広げられる。仲麻呂は表向きには淳仁天皇の後ろ盾を装い、孝謙太上天皇もうまく操っていった。しかし、そこには彼の巧妙な演出が施され、目に見えない罠《わな》を張り巡らしていたのである。が、若い独身の女帝にはその策略を見抜く術を持ち合わせていない。その後、物語は道鏡の登場により、仲麻呂らと出家したにもかかわらず政権に固執する孝謙上皇との空前絶後の対立抗争劇（道鏡と手を組んだ上皇の仲麻呂追い落とし劇）へと展開していく。後半部では、歴史上名前がよく知られた吉備真備や和気清麻呂などの人物も登場し、仲麻呂や道鏡の失脚など、天平期における生々しい権力争いの構図の全容が明らかにされていく。鑑真ら渡来僧は多かれ少なかれこれらの政争・抗争に巻き込まれていくが、最後まで授戒僧としてのきびしい生活の日々をおろそかにすることは決してなかった。

この小説においても「天平の甍」と同じく、鑑真のことについてあまり多くのページ数は割かれていません。特に、後編ではほとんど触れられていません。では、鑑真の存在感が薄いのかといえば、決してそんなことはありません。「天平の甍」の普照役がこの作品では如宝が果たしています。彼の言葉や行動のなかにはいつも鑑真の教えが息づいています。厳しい修行を通して、自分自身を含め多くの日本僧たちへ戒律の根本を伝授しようと日夜奮闘を続けています。そんな彼が鑑真の傍らに座し、こんな感慨に耽っています。

時折、彼は思わず瞳をあげて師の顔を見てしまう。彼が必死で書写した分厚い『行事鈔』の一語一語が、実に正確に師の口から語られてゆくからだ。

──和上は『行事鈔』を読みあげておられるのだろうか。

いや、そのはずはない。すでに書物の字を辿るには、師の視力は衰えすぎている。とすれば、師はこの大部の書物のほとんどをそらんじておられるのだろうか……。鑑真の口から語られるとき煩瑣《はんさ》（こまごまとわずらわしいこと）な戒律の条々は、おのずと別の生命を与えられたように見える。修行中の如宝には窮屈この上ない規定のように見えるそれらも、鑑真にとってはむしろ自在な存在の前提であるかのようである。

（中略）

講筵《こうえん》（講義をする席）の座にあるとき、鑑真の声は、むしろ精気にみちている。七十歳という年齢を感じさせない力のこもったその響きに、先輩の思託《したく》や法進《はっしん》が、「あのお声だ……」

なつかしむように言うのも当然のことだった。

では、そんな鑑真でも大僧都を解任され、東大寺を後にして西の京へ移り住んだ時の心境はどんなものだったのでしょうか。そんな思いの一端を覗かせる場面を一つ二つ紹介します。

東大寺は、じっと鑑真を見送っている。いや、むしろ冷やかな威厳をもって、去りゆく者を見下し、その動きに眼を離すまいとしている。

――いったい、ここで過した五年間は何だったのか。いや、海を渡ってきたということは何のためだったのか。

思託ならずとも、唐僧の多くは、そんな思いをもって、戒壇院を、近くに聳《そりか》える七重の大塔をふりかえったのではないだろうか。

盲《めし》いた鑑真は今小さな房舎の前に立っている。が、彼の思い描いていたのは、唐禅院よりもさらに大きく、無限の包容力を持つ精舎《しょうじゃ》である。考えて見れば、彼は盲目だったのだ。かつて良弁が、しきりに誇示したがった金塗りの毘盧舎那《びるしゃなん》大仏も、その眼には映らなかったはずだし、東大寺の威厳も、彼の前では何ほどの意味も持たなかった。唐禅院で彼が耳にしたのは、ただ松籟《しょうらい》の音と誦経《しょうきょう》と講説の声だった。

そしていま、彼はささやかな唐律招提の庭に立って、吹きぬける秋風の音を聴いている。

唐律招提に移り住んでからの鑑真に対する仏教界中枢部の遇し方は、盲目の身になりながらも死線を超えて渡日した時の、あの高僧へのそれとは比べ物にならないほど冷たいものでした。鑑真を初め多くの渡来僧がほんとうの意味での戒律を授けるには、あまりにも日本側の受け入れ体制（授戒が単なる資格審査の手段になってしまったことなど）が不十分だったからです。東国へ派遣された如宝も鑑真の危篤を知らされ、道半ばにして伝戒・授戒の仕事を中断せざるを得ませんでした。その後、如宝は鑑真のあとを継いで寺を守り、後世に唐招提寺としてその名を遺《のこ》したのでした。歴史上の人物としてはほとんど知られていない如宝ですが、鑑真の周辺に登場する僧たちのなかで、鑑真に一番愛され、期待もかけられた唐僧の一人だったと思います。そんな如宝が鑑真の死に臨んで、何を思い、何を誓ったのでしょうか？　最終章で作者は厳寒の寺の庭に彼を置いて、次のように物語を結んでいます。

とりわけ寒さのきびしい夜更け、金堂での礼拝をすませ、黒々と浮き出た大屋根の上に輝く月をふり仰ぐと、（中略）亡き師の俤《おもかげ》が眼裏に浮かぶ。
中天にかかる月は氷のごとくきびしく、そしてはるかに遠い。そして自分はその冷徹、静謐《せいひつ》な光を受ける一枚の屋根瓦、一葉の木の葉にすぎないと如宝は思ったことだろう。

＊永井路子「氷輪」中公文庫『氷輪』上・下（一九八四年　中央公論社）

山手樹一郎「塙検校」の保己一

塙保己一《はなわほきいち》は一九三七（昭和一二）年四月二六日、東京でヘレン・ケラーに会っています。そこでこんな言葉を掛けられました。「先生の座像に触れることができたことは、日本訪問における最も有意義なことです。先生のお名前は流れる水のように永遠に伝わることでしょう」と。ヘレンが初めて来日し、東京渋谷にある「温故学会」を訪れた時の話です。保己一は一八二一（文政四）年に七六歳で亡くなっていますから、もちろんヘレンが会ったのは保己一本人ではなく、会館内に座していた「保己一像」のことです。ヘレンは幼少期より母親から「塙保己一を手本にしなさい」とよく言われていたようです。実際、その通り人生の目標にしていました。五六歳になって初めて来日したヘレンは、何よりもまず保己一に会いたかったのでしょう。感涙にむせぶ彼女の姿が目に浮かびます。

ヘレン・ケラーがここまで思い焦がれていた塙保己一とはどんな人物だったのでしょうか。保己一は、一七四六（延享三）年武蔵国児玉郡保木野村（現在の埼玉県本庄市児玉町保木野）に生まれた江戸時代後期の国学者で、七歳の時に失明したといわれています。幼名を寅之助・辰之助（失明後の名）といい、一五歳になった年に学問修行を志し、故郷を離れ江戸へ向かいました。その後、数々の困難を乗り越え学問の道を歩むことになります。三四歳の時に『群書類従』の編纂に着手し、四一年後に完成させました。これは古代から近世初期までのさまざまな資料（歴史書・文学書から手紙・記録に至るまで）を収集・編纂した、六六六冊に及ぶおびただしい数の書物です。目の全く見えない保己一と多くの弟子たち、そして厚い支援・協力の手を惜しまなかった諸大名家の人々や版元など、見事なまでの共同作業によって成し遂げられた一大事業でした。その二年後、一八二一（文政四）年九月一二日に永眠しました。命日に当たる九月一二日には、保己一の遺徳を湛え「保己一忌」が生まれ故郷の本庄市などでおこなわれています。

今から紹介する山手樹一郎の「塙検校」は、このような保己一の生涯の一コマを切り取って、フィクションとして描いた短編小説です。あらすじを書いてみます。

五四歳になった塙保己一は、町奉行根岸肥前守から迎えを受け、駕籠《かご》に乗り家を出た。寛政一一年の正月のことである。時折、正月らしい追羽根の音が駕篭の外から聞こえてきた。ふと、四十余年前の憐れな自分の姿が瞼に浮かんだ。中山道を板橋の宿へかかろうとする麦畑の道で、村の子どもたちにいじめられ、杖をどこかへ放られてしまい、途方に暮れていた座頭の少年だったころのことを。その時、通りかかった若い旅人に声を掛けられる。その人に杖を捜してもらい、しかも江戸の本郷駒込まで同行してもらった。当時、辰之助と名乗り、学問修行の道をめざしていた保己一と秩父の絹商人助三郎との運命的な出会いであった。

辰之助は間もなく、四谷西念寺横丁の雨富須賀一《あまとみすがいち》という検校のもとに入門を許される。名を千弥《せんや》と改めた。そこでまず、盲人の業とされている音曲・按摩・鍼術などの修行に励んだ。しかし、生来無器用であった彼は何ひとつものにすることができず、ほかの弟子たちからは笑いもの、慰みものにされながら、三年の歳月が流れた。師である須賀一からもとうとう匙を投げられてしまう。その夜、覚悟を決めた千弥は四谷の堀端に立ち、深沈《しんちん》と淀む江戸城の堀へ身を投じようとした。と、その時である。「あっ、あぶない！」と背後から抱きとめられる。声の主は師匠の娘千世《ちよ》であった。彼女はあやしいと見て、ずっと千弥のあとをつけてきたのだという。命拾いした千弥は翌朝、雨富検校の前に出て、学問への切なる想いを告げたところ、「そうか、それほどならば、やってみなさい」という深い慈悲に満ちた言葉をもらった。それから三年の間、死にもの狂いで学問に励んだ。

千弥は初め、国学者萩原宗固《そうこ》について『平家物語』や『源氏物語』などを学んだ。さらにその天分が認められ、漢学・神道を川島貴林《たかしげ》に学び、『古事記』・『日本書紀』・『万葉集』などの古典を賀茂真淵の講義から学び取ることができた。彼は書を読むことができないので、人の音読するものを暗記して学問を進めた。驚くべき記憶力の持ち主であり、努力家であった。三〇歳の春、その刻苦励精《こっくれいせい》（努めて励むこと）が認められて衆分《しゅうぶん》（盲官の一つ）から勾当（同じく盲官の一つ）へと進んだ。塙姓に改め、名も保己一とした。師の愛娘千世と結ばれたのもこの年のことである。その後、『群書類従』の編纂事業に着手し、八年にして盲官の最高位である検校にまで昇りつめた。

奉行所に着いた検校は、役宅の一室へ丁重に案内される。そこで待っていたのは、四〇年前に中山道板橋の宿はずれで道づれになった秩父の絹商人助三郎その人であった。「おお、あの時の助三郎さんが根岸肥前の守様」と思わず検校は泳ぐように膝を乗り出した。二人は互いの手と手を握り合う。夢のようであった。静かにほほえみながら、検校の目から涙があふれ出た。「蛇足すれば塙保己一の『群書類従』はその時からでも二一年、着手した時からでは実に四一年目の文政二年に完成した。盲人の身として驚くべき不屈の努力と言わねばならぬ」と作者は結んでいる。

では、この『群書類従』とはどのような書物なのでしょうか。もう少し説明を加えてみます。前記のように、『群書類従』は塙保己一が編纂・刊行（版木製作をして書物を出版）した国文学・国史を主とする一大叢書です。保己一は日本全国にあった古書の散逸・消失を恐れ、一七七九（安永八）年に学問の神菅原道真を祀《まつ》った京都北野天満宮に刊行を誓いました。この書には古代から江戸時代初期までの歴史書や文学作品など、一二七三種が収められています。今でもよく知られた作品には、『伊勢物語』・『竹取物語』（物語）、『和泉式部日記』・『紫式部日記』（日記）、『土佐日記』・『更級日記』（紀行）、『将門記』・『応仁記』（合戦）などがあります。また、保己一は版木を製作する際、二〇字×二〇行の四〇〇字に統一させました。これが現在の原稿用紙の基本様式になっています。

保己一は六万冊に及ぶ蔵書をすべて記憶していたといわれています。どのようにして、これだけ膨大な書物の内容を記憶し、体系づけ、校訂できたのでしょうか。しかも、弟子たちを中心に講義もしているなかで、です。驚くべきことですが、音読してもらった書物を一字一句を頭に刻み込み、一冊ずつ会得していったのです。漢字の知識についても幼年期のころ、寺の和尚や父親から教えてもらい、それを記憶に留めておいたのです。

ところで、塙保己一には数多くの逸話が残されています。ここでその二つ三つを紹介してみましょう。飾り気のない、「特別」でない日常の姿にほんの少しだけ触れることができます。何だか気持ちがほっとすると同時に、くすっと笑えるようなエピソードでもあります。

保己一は一七九三（寛政五）年、幕府に土地拝借を願い出て「和学講談所」という学問所を江戸麹町（後に表六番町へ移転）に開設しました。あるむし暑い夏の夜、『源氏物語』の講義をしていました。あまり暑いので、そっと障子の戸を開けます。すると、風が入ってきて、ろうそくの灯が消えてしまいました。弟子たちはあわてて、おろおろするばかりです。しかし、保己一は悠然と講義を続け、「目あきというものは不自由なものじゃ」と笑っていたそうです。

また、こんな面白いエピソードもあります。ある日のこと、「和学講談所」の庭でにぎやかな声がしていました。一人の弟子が保己一のところにやって来て、「先生、この男がこの字の町へ行きたくて、あちこちたずね歩いてもわからず、それなら塙検校様に聞きなさいと言われたそうで……」と告げました。保己一はその書きつけの字を自分の掌に書かせましたが、「何、さんずいに吉《よし》?」とけげんな表情をします。しばらくして、「わかったよ。これは油町のことじゃよ。これを書いた者が字を知らなくて、傍にいた者に聞いたに違いない。その者が『さんずいによし』という字だと答えたものだから、それでこんな字を書いたんじゃろう」と。よしはよしでも自由の由の字だったのです。それ以来、「番町で目あき目くらに道をきき」とか、「番町に過ぎたるものは二つあり佐野の桜に塙検校」という狂句や狂歌が人々の口に上るようになりました。江戸時代後期の狂歌師・戯作者大田南畝《なんぽ》（別名蜀山人《しょくさんじん》）の作といわれています。

次に紹介するエピソードは、保己一の書物に対する真摯な思いと並々ならぬ覚悟のようなものが一番よく表れているところだと思います。一七九二（寛政四）年七月二一日、江戸に大火が発生しました。麻布あたりから出火したとみられる火の手は瞬く間に番町付近まで迫ってきました。これは危ないと感じた保己一は「すぐ書物を運び出しなさい」と弟子たちに命じます。しかし、「先生、版木がたくさんあります。まずこれから運び出さねば」と皆はあわてふためきます。「書物があれば版木はまた彫れる。書物が一番大事じゃ！」と彼らに大喝した保己一。番町にあった保己一の家も全焼してしまいました。ここで、私は「天平の甍」で紹介した日本からの留学僧業行のことを思い起こしました。彼も自分の命よりも大切にしていたのは、長年かけて写経したおびただしい数の書物でした。

塙保己一の業績は、もちろん四十余年もの歳月をかけて『群書類従』を完成させたことにあります。しかも、六万冊もの蔵書をすべて暗記し、記憶に留めておけるほどの尋常では考えられないような人物です。その意味では偉人中の偉人だと思います。ただ、いわゆる「偉人伝」的な人物としてだけの塙保己一でいいのだろうかとも思うようになりました。そう思うようになったのは、保己一に関する何冊かの書物を読んだからというよりは、原作花井泰子・マンガしいやみつのり『マンガ塙保己一　目で聞き、耳で読んだ』（二〇〇九年　株式会社ストーク）という本を読んでからです。私はマンガそのものは読めませんが、音声録音された本で文字通り「目で聞き、耳で読んだ」のです。実にわかりやすい、いい本でした。そこに繰り広げられる物語世界は保己一の偉大さとともに、彼を取り巻く周辺の人々の『群書類従』に対する熱い思いと、その刊行過程における労苦の証であるしたたる汗と熱気のようなものを伝えてくれました。それが時代を超えてヘレン・ケラーという偉大な人物にも生きる勇気と希望を与えてくれたのだと思います。

『群書類従』は一万七二四四枚の版木とともに、江戸の大火や関東大震災、そして東京大空襲などという時代の大波・荒波をくぐり抜けて、今でも大切に保管されています。

＊山手樹一郎「塙検校」　春陽堂文庫『山手樹一郎短編時代小説全集七　夕立の女他一〇編』（一九八〇年　春陽堂書店）

〈参考図書〉

・原作花井泰子・マンガしいやみつのり『マンガ塙保己一　目で聞き、耳で読んだ』（二〇〇九年　株式会社ストーク）

岡本かの子「上田秋成の晩年」の秋成

文化三年の春、全く孤独になった七十三の翁、上田秋成は京都南禅寺内の元の庵居《あんきょ》の跡に間に合せの小庵を作って、老残の身を投げ込んだ。

孤独といっても、このくらい徹底した孤独はなかった。七年前三十八年連れ添った妻の瑚璉尼《これんに》と死に別れてから身内のものは一人も無かった。友だちや門弟もすこしはあったが、表では体裁のいいつきあいはするものの、心は許せなかった。それさえ近来は一人も来なくなった。いくらからかい半分にこの皮肉で頑固なおやじを味いに来る連中でも、ほとんど盲目に近くなったおいぼれをいじるのは骨も折れ、またあまり殺生にも思えるからであろう。秋成自身も命数のあまる処《ところ》を観念して、すっかり投げた気持になってしまった。

これは岡本かの子「上田秋成の晩年」の書き出しです。身を切るような孤独のわびしさが読む者の胸にきりきりと突き刺さってくるようです。この短編に描かれている主人公の上田秋成は『雨月物語』の作者として有名ですが、ここでは彼の最晩年の生活を京都南禅寺内の一隅に建てられた小庵に独居している一老人として描かれています。かの子の亡くなる四年前、一九三五（昭和一〇）年の『文學界』誌上に発表されたものです。まず、作品の内容紹介をします。

小庵とはいえ、秋成なりの思いはあった。広さは八畳ほどで、最小限の日常生活が送れる空間があればよかった。しかし、その程度のところでも費用が工面できない。結局、ほんの間に合わせの小屋しか建てられなかった。彼は投げやりな気持ちのなかにも怒りを催した。七〇年も生きた末がこれか、と。

彼は焼き米を鉢に空けて、それに湯を注いだ。そして、そこにあった安永五年刊の『雨月物語』を取って鉢の蓋《ふた》にした。この奇怪にして優婉《ゆうえん》（あでやかで美しい様）な物語は彼が明和五年三五歳の時に書いたものである。書いてから本になるまで八年の年月がかかっている。ほとんどの著作は散逸してしまっているが、この本にだけは愛惜・愛憎の念が残り、晩年になるほど手元に引き寄せておいた。土瓶敷き代わりにもたびたび使った。裏表紙が湯気でふやけている。ほどよくふくれた焼き米を飯茶碗に取り分け、白湯をかけ、生味噌を菜《おかず》にして食べた。わびしい夕飯である。亡くなった妻のたま（剃髪して瑚璉尼となる）のことも思い出していた。

秋成は五歳の時痘瘡（天然痘）にかかり、治癒したものの左右の手指に後遺症（右手の中指は小指ほどに短くなり、左手の人差し指も短くなった）を残し、五七歳で左眼が見えなくなり、その後少し回復したものの、六五歳で右眼も見えなくなってしまった。

しばらくすると、南禅寺の本堂から下ろし戸を閉じる音が聞こえてきた。彼は木枯らしの音を耳にしながら行燈の灯をつけ、煎茶の道具を準備した。たった一つ残った彼の道楽である。生活は困窮を極めたが、そんななかでも格をくずさぬものを残しておきたかった。老人の最後の自尊心であった。彼は茶を嗜《たしな》む時が、唯一自分の孤独と相対することができた。いろいろなことが思い出される。青年時代の俳諧三昧、四〇の手習いで始めた国学、和歌を学んだこと等々。当時一流の学者だった本居宣長と激論をたたかわしたことなども。しかし、満足できるものは何ひとつなかった。自虐の念にかられた。彼の回想は妄想・悔恨・執着心に満ちている。日ごろから、老いを忘れるために思い出に耽るとは卑怯なことだと彼は自分を戒めていた。しかし、今宵はそんな自己嫌悪にも陥らず、わずかばかりの光明さえ見つけようとしている自分に気がつく。

彼は湯鑵《ゆがま》の蓋を取ってみた。物思いに耽っているうちに茶の湯が煮え過ぎてしまった。が、もうどうでもよかった。再び、頭のなかは昔に帰る。生母には四歳の時に死に別れた。曾根崎の茶屋の娘であった。父の名は知らない。物心つくころにはすでに堂島にある上田家に預けられていた。二度目の母である上田の妻も二、三年を数えただけで亡くなった。上田家では後妻を迎え、秋成には三度目の母となる。皆それぞれ彼をかわいがってくれた。養家の父母の甘いのをよいことにして、秋成はその青年期を遊蕩に暮らした。その遊蕩生活も終わりを迎えるころ、彼は突如としてあの『雨月物語』を著したのである。周囲の者は不思議がり、驚きもした。彼の数奇な運命が故にこのような読物を書いたのだ、と。それにしても、今日まであまりにも長く生き延びた、と秋成は感慨に浸る。辛くもあり、喜ばしくも思う。その狭間で迷走してきた。人間にある迷いというものは、寿命に対してなかなか味のある働きをしているようにも考えられる。最晩年の秋成は生活に窮して、『雨月物語』の謄写などをして、その報酬で細々と暮らしていたようだ。しかしその後、ほとんど目が見えなくなってしまう。あるかなきかの仕事もできなくなり、焼き米に生味噌を食するようなわびしい暮らしに落ち至ったのである。

秋成の経歴を少しだけ補足しておきます。上田秋成は一七三四（享保一九）年大坂（現在の大阪市北区曾根崎）に生まれ、一八〇九（文化六）年に京都丸太町（現在の京都市上京区寺町通広小路）で没しました。享年七六でした。江戸時代中期から後期にかけての読本作者であり、国学者でもありました。四歳の時、大坂堂島（現在の大阪市北区堂島）の紙油商嶋屋上田茂助の養子となり、仙次郎と名乗りました。俳諧・和歌・国学を学んでいる時、浮世草子も執筆しています。また、一七七一（明和八）年火災で家財を失いましたが、後に医術を学んで、一七七六（安永五）年大坂（現在の大阪市中央区高麗橋付近）で開業しています。同年『雨月物語』を刊行しました。江戸の読本作者・戯作者山東京伝や滝沢馬琴などにも大きな影響を与えたといわれています。

作家岡本かの子は晩年の上田秋成に何を感じ、何に思いを馳せたのでしょうか？　もちろん、それが作品を描くモチーフになったのだと思います。その問いに答えるためには、岡本かの子の経歴についても少し触れておいた方がよさそうです。

岡本かの子は一八八九（明治二二）年に、東京府東京市赤坂区（現在の東京都港区）青山南町にあった豪商大貫家の別邸で生まれました。幼少期は腺病質だったようで両親とは別居し、神奈川県橘樹《たちばな》郡高津村（現在の川崎市高津区）二子《ふたご》にある本宅で養母に育てられました。この養母から『源氏物語』などの手ほどきを受けています。一六歳ごろ谷崎潤一郎を知り、翌年には与謝野晶子を訪ねています。一九歳の夏、信州軽井沢で後に夫となる漫画家岡本一平と出会いました。かの子が二一歳の時に結婚、翌年長男太郎が誕生。しかしその後、一平の放蕩暮らしや強い個性の芸術家同士の衝突、さらに兄や母の死などで衝撃を受けます。絶望したかの子は長女の出産後から神経衰弱に陥り、精神科病院に入院します。翌年かの子が退院すると、一平は家庭を顧みるようになりますが、長女が死去。かの子と一平との関係は相変わらずぎくしゃくしたままです。一平との合意のもと、若い早稲田大学生と同居するようになり、二男を出産しました。が、その子も間もなく亡くなります。その後、かの子と一平は仏教の教えに救いを求めていきますが、かの子とほかの男性との同棲暮らしは繰り返され、奇妙な夫婦生活はその後も続きます。小説家としての生活は晩年を迎えた数年間だけでした。その間、川端康成の知遇を得て、小説の指導もしてもらったようです。一九三九（昭和一四）年脳出血で倒れ、東京の病院で亡くなりました。四九歳という若さでした。

没年が一八〇九年の上田秋成と、生年が一八八九年の岡本かの子という二人の文化人（文学者）のことを考えてみた場合、時代的・歴史的には近世封建制社会と近代資本主義社会という違いはあれ、年数的にはわずか八〇年ぐらいのもので、さほど遠く離れた存在ではないことに気がつきます。事実、人生観や仏教的世界観からしても、同時代を生きた人同士のような錯覚さえ覚えます。少々、こじつけの感は拭えませんが、例えば、誕生からともに養母に育てられている幼少期までの生い立ちのこと、病気や障害のこと、自由奔放な性格や行動のこと、そしてそれぞれの文化的素養のこと等々、いくつかの「共通点」を見いだすことができます。

これらの「共通点」から類推されるものを探せば、かの子が「秋成の晩年の何に感じ、何を思ったのか？」の答えが自ずと出てくるような気がしました。それは、秋成の孤独な庵居暮らしに対するかの子の執拗なまでの愛着心であり、自分の生い立ち（家庭生活や心身虚弱体質）ともからめ、『雨月物語』などの著作執筆に見られる自ら欲するものを体現した秋成に対する畏敬の念ではないでしょうか。そして、何よりも老いてなお枯れない「妄執の念」に対するかの子のある種の「親近感」のようなものだったと思います。ひょっとしたら、かの子は秋成の生きざまと自分のそれとをオーバーラップさせ、「上田秋成の晩年」執筆を通して秋成の生き方に救いを求めたのかもしれません。強い願望というか、決意のようなものというか、ラストに近い場面でその思いを表しています。少し長めの引用になりますが、最後に紹介してみます。

夜も更け沈んだらしい。だみ声で耳の根に叩きつけるような南禅寺の鐘、すこし離れて追い迫る智恩院の鐘、遠くに並んできれいに澄む清水、長楽寺の鐘。寒さはいつの間にかすこしゆるんで、のろい檐《ひさし》の点滴の音が、おちこちで鳴き出した梟の声の鳴き尻を叩いている。雨ではない。靄《もや》だ。それが戸の隙間から見えぬように忍び込んで行燈の紙をしめらしている。湯罐の水はすっかりなくなって、ついでに火鉢の火の気も淡くなっている。

秋成は、尽きぬ思い出にすっかり焦立《いらだ》たさせられ、納りかねる気持に引かえ、夜半過ぎて長閑《のどか》な淀みさえ示して来たあたりの闇の静けさに、舌打ちした。（中略）求めるこころも愛憎も、人に負けまい、勝負のこころも、みんな生殺しのままで残されているではないか。身体が、周囲が、もう、それをさせなくなってしまったまでだ。もしそれをさせるなら俺は右の手にも左にもちび草を引握って、この物恋うこころ、説き伏せ度《た》い願いを吐きに吐きつつ、しかも、未来永劫癒されぬ人の姿のままで、生き延びるつもりだ。

（中略）

こうなったら、やぶれ、かぶれ、生きられるだけ生きてやろう。身体が足の先から死に、手の先から死にして行こうとも、最後に残った肋骨一本へでも、生きた気込みは残して見せようぞ――。考えがここまで来ると彼は不思議な落付《おちつ》きが出て来た。

（後略）


もちろん、上田秋成は岡本かの子と同時代の人ではありません。しかし、私にはなぜか南禅寺内のわびしい庵居にかの子も一緒に暮らしており、そして、あの「太陽の塔」を製作したかの子の長男岡本太郎もそこにいるような気がしました。今、私は冬樹社刊の『岡本かの子全集』第一巻を手にしています。ずっしり重い本です。時空を超えて今でも秋成の周辺にいた人たちが生きているようで、その味わい深さも一入《ひとしお》です。表紙・裏表紙絵は岡本太郎が描いています。赤と青を基調にした力強い画《え》だそうです。裏表紙の右下に「ＴＡＲＯ」とサインが書かれているようです。

＊岡本かの子「上田秋成の晩年」『岡本かの子全集』第一巻（一九七四年　冬樹社）

杉本苑子『滝沢馬琴』の馬琴

『滝沢馬琴』は一九七七（昭和五二）年に文藝春秋から刊行された杉本苑子の上・下二巻の書き下ろし長編小説です。その後、一九八九（平成元）年に講談社から同じく上・下二巻の文庫本として出版されました。失明の危機に迫られながらも、苦しい生活から脱出するためには、何が何でも書き続けていかなければならない戯作者滝沢馬琴の凄絶ともいえる後半生を描いた時代（歴史）小説です。特に、平仮名がやっと読めるだけの嫁の路をいら立ちのあまり激しく叱責したり、時には励ましながら辛抱強く『南総里見八犬伝』を口述筆記によって完成していく、最終章に近い場面は実に感動的です。

『南総里見八犬伝』の完結に至るまでには、一八一四（文化一一）年から一八四二（天保一三）年までの二八年間という長い歳月を要しました。まさに、馬琴のライフワークとなった作品です。その間、一八三三（天保四）年、六七歳の馬琴は右眼に異常を覚え、間もなく左眼も霞んで見えるようになります。それから六年後の一八三九（天保一〇）年に、七三歳で失明しました。そのため、自分で筆を執ることができなくなり、最終的には路の代筆（口述筆記）に頼らざるを得なくなりました。

この作品（「滝沢馬琴」）は、生活苦やさまざまな人間関係に悩み苦しみながらも、創作活動と葛藤・格闘する戯作者滝沢馬琴を主人公にした物語です。史実に基づいた作品でもありますす。ですから、いろいろな分野で活躍した歴史上の人物が数多く登場します。作者の想像力によって作り上げられたものとはいえ、幕末の動乱期を彩った人物たちにも会えて、大変興味深く読むことができます。幕末の文化・文政時代の町人文化を支えた代表的な人物、例えば、為永春水・柳亭種彦・葛飾北斎・その娘栄《えい》、版元の鶴屋喜左衛門・丁字屋平兵衛、そして三河田原藩の蘭学者であり南画家である渡辺登（崋山）、勘定奉行の矢部定謙などが顔を出します。

馬琴はこのような登場人物と絡み合いながら、苦しい家の経済事情と、家族や親類縁者が引き起こす煩わしい出来事に振り回され、追い回されていきます。そして、晩年には失明という悲惨な現実にも直面します。その上、もともと持っている吝嗇《りんしょく》・頑迷《がんめい》・固陋《ころう》な性癖が強まり、極度に不安な心理状態に追い込まれていきました。さらに、愛息宗伯《そうはく》の病死、心から信頼を寄せていた義子清右衛門の突然の死、最後まで折り合いの悪かった妻の百などに先立たれ、残った者は相変わらず無口・無愛想で、不器用な路と二人の孫だけでした。不遇・不幸の極みとしか思えないような生活がずっと続いていったのです。

この作品では、激動する幕末の時代、世の中が大きく揺れ動いていくなかでも、一見、我関せずの生き方を貫いてきたようで、実は大いに矛盾を抱え、世相の動揺以上に揺れ動く戯作者・孤高の人の心模様の変化を描き出しています。この点については、拙著『音でみる心も色も——紅葉から慎太郎まで、作家が描いた視覚障害者像』（二〇一八年　本の泉社）の芥川龍之介「戯作三昧」を参照していただければ幸いです。これがこの作品の主題の一つと考えられますが、ここでは馬琴の失明前後の様子に焦点をしぼって触れることにします。「八犬伝」を完成させるまでにたどった版元や口述筆記者たちとのやりとり、路とのぶつかり合いや我慢競べ、二人の頑固さや執着心などが描写された場面の数々です。

辛うじて見えていた左の眼も、酷使するあまりほとんど見えなくなってしまいました。当然のことながら、遅筆になります。版元の丁字屋平兵衛にとって、これでは大変困ります。あの手この手を使って急《せ》かします。しかし、ちょっとやそっとのことでは頑固な老人の筆を速めることはできません。長年かかって版を重ねてきた人気作家の大長編です。完成間近なところで頓挫されては堪ったものではありません。平兵衛は四谷信濃町の馬琴宅を日参し、何とかならないか直談判します。しかし、頑固な老人はそう簡単に応じません。そこで、平兵衛は誰かに口述筆記させて「八犬伝」を完結させようとします。何人かの代筆者を連れてきましたが、どの相手も馬琴の眼鏡にかなう者はいませんでした。やがて、左の眼も全く見えなくなってしまい、馬琴は不本意ながら筆を折らざるを得なくなります。平兵衛は万事休すの心境に陥ります。そこへ、思いがけず路という救世主が現れました。無口で無愛想、しかも不器用で字といえば平仮名ぐらいしか知らない路という嫁が、です。皆、驚きました。しかし、誰もができなかった馬琴の代筆者として、彼とともに大仕事をりっぱにやり遂げたのです。馬琴の失明経過は本編をじっくり読んでもらうこととして、結末に至るまでの経緯を原作に沿って追ってみます。抜粋なので不十分な点は否めませんが、「八犬伝」完結に至るまでの馬琴と路との並々ならぬ労苦の連続と、熱い思いの一端に触れることはできると思います。


「ええ、ご相談なんです。『八犬伝』の筆記、わたしにさせていただけないでしょうか」

「お前がか？」

馬琴は唸《うな》った。とうに検討し、とうてい無理だと断じて、念頭から消し去っていた案だったのだ。

（中略）

骨惜しみをせず、かげ日なたなく働くのが唯一の長所といえばいえるものの、その代り女らしいこまやかさ暖かさに欠け、強情で、立ち居や物言い一つにしろギスギスと固い。馬琴はでも、お路のそんな欠点を逆用してはどうかとも、ふと考えた。

地味で質実で意地っ張りな性格は、柔軟な弾性とは縁遠いものではあるけれど、難場をしのぐ底力にはなる。


（下巻二四九ページ）以下引用はすべて下巻

（しょせん、盲目のまま終るのだ）

あらゆるものを肉眼で見、肉眼でたしかめ得る幸せ……。永久にそれが閉ざされたとなれば、その覚悟で生きなければならない。

「仕事を、始めてみるかなお路」

馬琴は言った。

「わしもお前もさぞ、うんざりもし泣きたくもなろう。でも、せっかく思い立ったのだから……。始めてみるかな」


（二一五四ページ）


たったこれだけ書き取らせるのにどれほど顎を疲らせたか知れない。一字一字、舅の指の動きを見ながら意味もよくわからぬまま紙に写すお路の、濃霧の中を足さぐりで進むに似た困惑は、むろん馬琴にもよくわかる。しかし教える側の忍耐も、覚悟していたとはいえ並たいていのことではなかった。もどかしさ、じれったさ……。無い歯をくいしばる思いで、それでも三行、五行、十行と進むのを、

「その調子……その調子だよお路」

力づけるのも、嫁へというより、自分自身への励ましに近い。

（二六〇ページ）

不明な文字はとっくり心ゆくまで教えてやればよいという。しかし偏《へん》も旁《つくり》も知らぬ者を相手に盲目の身で文章を綴らせてゆく根気と忍耐は、味わってみなければこんりんざい、わかるものではなかった。

泣きごとを口にするのを、馬琴はしかしぷっつり止《や》めた。彼自身がこらえている以上のこらえを、お路に強《し》いていることを思えば、たとえ丁平相手にでも愚痴るのは、心ないわざといわなければならない。嫁の耳をはばかるわけではないけれども、その辛抱を察すれば、こぼしごとは控えてやるのがせめてもの思いやりというものだった。

（二六八ページ〜二六九ページ）

ことさらのように難解佶屈《きっくつ》な文字を使用する馬琴だから、お路がしまいには、五里霧中の困惑の中に迷い込んで、呆然自失してしまうのも無理からぬことだった。

それでも馬琴は投げず、お路もまた、弱音を吐こうとはしなかった。一行一行、虫が這うようなのろさ、もどかしさではあったが、ともあれ「わずかながらも出来てゆく」というかけ替えない実感に支えられて、連日連夜くるしい作業がつづいた。

（二七一ページ）

かろうじて読めた場合も、その読みがはたして正しいかどうかはおぼつかないのである。腹中をじりじり、火で焙られるようなもどかしさに耐えながら、
「片方だけでもいい。わしの、この眼さえ開いていたらなあ」
つくづく馬琴は嗟嘆《さたん》する。

（二七五ページ）

馬琴は奮い立った。老骨に鞭打つ思いでお路相手の机上仕事に没頭した。墓を建てることで気落ちするどころか、『八犬伝』への執念はますます熾烈な燃え上りを見せてきたともいえる。
舅《しゅうと》の意気ごみに触発されて、お路も火の玉のようになった。短所欠点に思えた強情さ頑《かたく》なさが、かえって長所となって作用した。無類のねばりと忍耐力を彼女は発揮し、泣きながらも筆をにぎったきり放さなかった。

（二八一ページ）

よき書き手さえ得られれば自身筆を動かすより口述のほうが、はるかに楽なことも馬琴は知った。にわかに行く手に、光明を見出したにひとしい心躍る発見である。

「わしの視力は回復した。ふたたび著述業にもどれるよお路、お前の健やかな眼を借りて、な」

さすがにうれしかったらしい。お路は小さく含み笑いした。めったにないことだ。

（二八一ページ～二八二ページ）

以上、晩年に盲目の身となった孤高の戯作者馬琴について、嫁の路との関係を中心に紹介してきました。この作品からは大変すがすがしい、心地よい読後感を得ることができました。失明した馬琴を前にして「すがすがしい」とか、「心地よい」などと書くのもどうかと思いますが、実際、苛酷な生活や戯作に懊悩する主人公馬琴の印象よりも、その周辺の人々、とりわけ「八犬伝」の完結に携わった路の存在がこのような感想につながったのだと思います。あの無愛想で、無口で、不器量で、字をほとんど知らなかった嫁お路よ、ほんとうによくやった！　と心からのエールを送りたいと思いました。

＊杉本苑子「滝沢馬琴」　講談社文庫『滝沢馬琴』上・下（一九八九年　講談社）

あとがき（二）

今回は五つの作品を「学問・文化継承者としての盲人たちとその周辺の人々」というテーマで括り、双方向からの視点でそれぞれの作品を見てみました。作品ごとに描かれている偉大な人物を、いわゆる「偉人伝」的人物像からだけではなく、彼らの周辺にいる人々の熱い、または厚い支援・協力によって一大事業が成された人物としてもとらえてみました。すると、彼らがいかに多くの人々との関係性のなかで仕事をし、暮らしてきたのかがよくわかります。

例えば、「天平の甍」に登場する日本からの派遣僧普照と栄叡や、「氷輪」の唐僧如宝と恵雲はともに鑑真の受戒者・弟子として、「塙検校」で紹介したヘレン・ケラーと「上田秋成の晩年」の作者である岡本かの子（太郎も含め）は時空を超えて、そして「滝沢馬琴」のお路は文字通り馬琴の眼として、それぞれ偉大な人物のかけがえのない協力者・支援者としての役割をりっぱに果たしてきました。

「周辺者」の視点から鑑真や塙保己一、そして上田秋成や滝沢馬琴らを眺めてみると、彼らにとって見えないことはたしかに大きなハンディですが、それを補ってあまりある人間としての情念というか、生命力というか、何か底知れない力のようなものを周辺の人々から受け取っていたような気がします。そして、その人たちに向かってにこやかに微笑み返している顔も浮かんできます。事実、ここで取り上げた四人とも見えないということに関する「深刻さ」を全く感じさせません。むしろ、保己一や秋成に関するいくつかの逸話などを追ってみると、「ほほえましさ」さえ感じました。そして、周辺の人々に支えられてこそ、偉大な事業が成し遂げられたのだ、と。今、それらが私たちの生きている時代にも継承され、光り輝いているのだと強く思いました。

六　市井に生きる盲人たち

■ 池波正太郎「喧嘩あんま」の豊ノ市

すでに紹介したように、池波正太郎には『剣客商売』などのシリーズ物や、その他多くの短編小説のなかに、いわゆる「市井物」・「人情物」と呼ばれる作品が数多くあります。この「喧嘩あんま」もその一つです。

豊ノ市という按摩師が、「むさくるしい按摩だな。おい、こら。きさま、手を洗ってきたか!」と侍らしい泊まり客からどなり声を浴びせかけられるところから物語は始まります。

舞台は東海道は藤沢宿にある「ひたち屋」という旅籠である。「へい、洗ってまいりました」と癇癪《かんしゃく》を抑えて豊ノ市は静かに答えた。彼は人並みはずれた短気の持ち主である。このような客からの暴言・侮言に何度も唇をかみしめてきた。藤沢宿に按摩師として七年前から住みついているが、客である侍に階段から蹴り落とされたり、幾度となくくやしい「失敗」を繰り返してきた。女房のお伝からも「がまんしておくれ、今度は首が飛ぶよ」と強く諌《いさ》められている。しかし、「喧嘩あんま」の異名はまだ途絶えていない。それでも仕事が続けられているのは、やはり腕がいいからであろう。

「まあいい、早く揉め」としたたかに酒気を帯びて床に横たわっている侍の体に豊ノ市は取りついた。「もっとしっかり揉め」とか、「きさま、へたくそではないか」とか、「へたを承知で、按摩稼業をしているのか。けしからん奴だ」等々、侍は悪口雑言の限りを尽くし豊ノ市をいたぶる。それだけではない。「もっと強く揉め」と足を揉んでいる豊ノ市をいきなり蹴とばした。それでも彼は我慢して再び侍の足に取っつき、力を込めて揉んだ。「痛い！」と侍は飛び起き、豊ノ市の顔を続けざまに殴りつけた。「何をいたされますか」とさすがに豊ノ市も逆上してしまった。「按摩だとて人間でござります」と怒り出す。こうなると相手が侍であろうが大名だろうが、少しもおそろしくなくなる。「無礼者！」と侍は豊ノ市をつかまえ、打擲《ちょうちゃく》しようとした。廊下へ逃げ出す豊ノ市。大刀をつかんであとを追おうとする侍。が、枕元に置いてあったはずの「大小」がない。みるみるうちに顔が真っ青になる。豊ノ市は豊ノ市で、今度こそ首が飛ぶと大慌てで逃げようと廊下でばたばたしている。その時、すっとどこからともなく男の手が現れた。

できるだけ簡潔で、わかりやすい内容紹介を、と心がけているのですが、こんな調子で続けていくと大変なことになりそうです。少々「早送りモード」に切り替えて、その後の展開を紹介します。

狼藉《ろうぜき》侍から刀を盗み出し、危ういところを救い出してくれたのは江戸深川富岡八幡宮前で小間物商を営む又吉という若い男であった。江の島参りにやって来て、たまたま侍の隣部屋に投宿した者だという。豊ノ市は彼を藤沢宿に近い自分の住まいに泊まってもらい、その夜、彼に自分の身の上話をした。「自分は下総小金井村の生まれで、父親はわからない。母親は身持ちのよくない大女で、『女相撲』の興行などにも出ていたようだ。盲目の自分を江戸の下坂検校のところへ無理やり放り出してしまう。そこで按摩術を修行した。師匠が亡くなった後、彼は四方八方から憎まれ口を叩かれるようになる。容貌を含め、どう見てもかわいげのない少年の上、何かといえば検校の家の下女や弟子たちと喧嘩をしたり、亡き検校の後妻に向かっても荒々しい口の利き方をした。出奔せざるを得なくなった彼は、その後ずいぶんひどい目に遭いながらもやっと女房子どもと三人でこの地に落ち着くことができた」と。翌朝又吉を送った後、女房のお伝は豊ノ市にびっくり仰天する話を聞かせる。又吉の右手には五本の指がなかったことを。

江戸へ帰った又吉は女房のおまゆと昔語りをしている。彼は市松小僧と呼ばれる名うての掏児《すじ》であった。一方、彼女は大伝馬町の木綿問屋嶋屋重右衛門という大店《おおだな》の一人娘であるが、二〇歳ごろには体重が二三貫にもなるような「大女」だった。縁談といえば決まって財産目当ての者ばかりである。もうお嫁なんかにはいかない、と剣術の稽古に励むようになる。どうしたものか、この二人が恋仲に陥った。重右衛門は二人の関係を絶対に認めない。二人は駆け落ちした。この時、おまゆの道場仲間である永井与五郎という同心の男に「又吉がきっぱりと足を洗うのなら、俺が仲に入ってやろう」と口利きをしてもらい、二人は晴れて夫婦になった。ところが半年後、彼はまた昔の悪い癖が現れ、永代橋の上で侍の懐から財布を盗んでしまう。これを永井与五郎に見つけられる。憤ったおまゆは、約束を破った又吉の右手の五本の指を切り落としてしまったのである。

翌年の晩春のある日、ひょっこり豊ノ市が又吉の店を訪ねた。座頭金を納めに江戸へ来たとのことだ。又吉は一年ぶりの再会に大喜び。何日か滞在することを勧め、承諾させる。その間、にぎわう江戸の町をあちこち案内した。ある夜、大川端で三人の侍に突然囲まれる。又吉はあっと叫ぶ。何とそのうちの一人がちょうど一年前、「ひたち屋」で乱暴を働いた侍ではないか。その侍は抜刀し、斬りかかってきた。しかし、三人の侍たちはおまゆの目にもとまらぬ早技で、一人は大川に投げ込まれ、二人は当て身を食わされ失神してしまう。

豊ノ市を藤沢まで送って、わが家に戻ってきたおまゆに又吉は意外な事実を明かす。「あの按摩さんと自分とは異父兄弟だ」と。昨年、あの人の家に一晩泊まらせてもらった時、聞いた身の上話からわかったとのことだ。「なぜ、今まで黙っていたの？」といぶかるおまゆに、「今さら、自分があんたの弟です、と名乗っていったい何になる」と又吉は微笑み返した。

自分の目が見えないことで、豊ノ市は子どものころからどれだけ情けない、嫌な思いをしてきたことでしょう。按摩師になってからも何度こうした思いに、いやもっと腸《はらわた》が煮えくり返るような激怒に耐えてきたことでしょう。もし、相手が侍でなければ、一も二もなく、「そんなに俺に揉まれたくないのなら、やめにしろ！」と啖呵《たんか》の一つでも切って、さっさと部屋をあとにしてしまったかもしれません。悲しい哉《かな》、一按摩の分際で決してそんなことはできません。しかし、その堪忍袋の緒を切ってしまったのが、あの時の豊ノ市でした。もし、又吉という救世主が現れなければ、ほんとうに彼の首と胴体は別々のものになっていたはずです。

又吉も実にやくざな男でした。市松小僧はすでに三度もお縄を食らった男であり、好いた同士の縁組とはいえ、そのまま親類たちに披露するわけにもいきません。そこで、父親の重右衛門はいちおう勘当というかたちを取り、おまゆに金三〇〇両を与えました。この金を元手に富岡八幡宮前で小間物屋を始めたというわけです。商売はうまくいきました。ところがそれから半年後、又吉の右手の指五本が切り取られてしまうという前代未聞の大惨事が起こりました。もちろん、こんなことになってしまった出来事は金欲しさにやったことではありません。一五の時から掏児をし続けてきた習性を彼は忘れきれなかったのでしょう。以後、二度とこんな馬鹿なことは絶対にしない、と女房に固く誓った又吉は小間物商の亭主として、おまゆは彼の良き理解者として仲睦まじく暮らしていきました。

このように、豊ノ市と又吉はそれぞれこまかなところでは違いがありますが、「厄介者」として扱われ、特に又吉は悪事を働きながら善行を施し、善行をしながら悪事にも手を染める、という典型的な「小悪党」として登場しています。ここでいう「小悪党」は決して褒められたものではありませんが、生き方としては肯定感を持って、やさしい眼差しで描かれています。情を持って応える人生の達人、池波正太郎ならではの描き方です。ストーリー展開としては、最後に二人は父親の違う兄弟だったという「落ち」のついたエピソードで幕を閉じます。やや「美談調」っぽい肌触りは感じますが、劇作家でもある作者ならではの物語構成の巧みさ、軽快でテンポのいい筋運び、そして「弱者目線」に立った人物の描き方など大変面白く、あっという間に最後のページに来てしまいました。

盲人としての豊ノ市は、例えば、あの侍に「なんだきさま、毛むくじゃらな海坊主のような、蛸入道のような面をしているくせに……」と言わせたり、「巨体の上に、白く剝いた目も大きく、鼻も太く、唇も厚く……」などの姿で登場しています。侮蔑的な言い方ではありますが、時代小説にはよくあることで、ある程度やむを得ないところです。この作品の主題は、このような容姿の盲人按摩師の豊ノ市という「片端者」（障害者）と、過去に盗みのために右手の指五本を切り落とされた男が、酔漢侍によってなぶり者にされている盲目の按摩師を助けるために、侍の「大小」を盗み出した「はぐれ者」（アウトロー）との「友情話」です。

本題とは関係ありませんが、最後にこんな場面を紹介します。池波正太郎が無類の美食家であることは有名な話です。作品のなかにもさまざまな食事・食卓風景がよく現れます。池波作品の魅力であり、楽しみでもあります。わずかな時間であれ、「ほっこり気分」を味わうことができます。この「喧嘩あんま」にもほんの少しだけそんな場面が登場します。

両国の盛り場から浅草へ出て、浅草寺へ参詣をし、吾妻橋をわたって川向うの景色をたのしんだのち、二人は、また浅草へとってかえし、〈ほうらい屋〉という料理屋へ入った。この店では〈蓬莱茶漬《ほうらいちゃづけ》〉というのが名物になっているが、そのほかに、いろいろと料理もできるし、美味いので評判な店であった。

たんざく独活《うど》や木の芽の入った吸い物や鯛のつくりを口にするたび、

「こんなおいしいものは、うまれてはじめて口にいたしました。ああ……一口でもいいから女房に食べさせてやりとうございますよ」

豊ノ市はもう感激の体《てい》である。

※なお、この作品は一九六三（昭和三八）年七月号『推理ストーリー』（現在の『小説推理』）に掲載されたものです。

＊池波正太郎「喧嘩あんま」双葉文庫『熊田十兵衛の仇討ち』（二〇〇〇年双葉社）

■野村胡堂「九百九十両」の多の市

「九百九十両」はご存知、野村胡堂『銭形平次捕物控』のなかの一編です。一九三一（昭和六）年四月、文藝春秋発行の『文藝春秋オール讀物號』（現在の『オール讀物』）に銭形平次を主人公にした作品（「金色《こんじき》の処女《おとめ》」）が掲載されました。これが『銭形平次捕物控』の第一作目となり、以降一九五七（昭和三二）年までの二六年間、長・短編合わせて三八三編が発表されました。江戸は神田明神下に住む岡っ引の平次（通称は銭形平次）が、子分の八五郎（通称はガラッ八）とともに卓越した推理力と四文銭の「投げ銭」（寛永通宝）を駆使し、事件をあざやかに解決していく「捕物帳シリーズ」です。江戸情緒たっぷりに、人情味あふれる「市井物」時代小説でもあります。「九百九十両」は一九三七（昭和一二）年六月号に掲載されたものです。

実のところ、小説に登場する銭形平次のことについては、遠い記憶の向こうに消えていました。遅ればせながら、今ごろになって再読し始めたという次第です。ですから、私の知る「銭形平次」はほとんどが映画やテレビドラマに登場した平次であり、その記憶や印象に残った人物です。おそらく私の世代では、大川橋蔵主演の映画やドラマに魅《ひ》かれて、映画館へ足を運んだり、テレビを見ていた人たちだろうと思います。とにかく、映画やテレビに登場する平次役の橋蔵は男前で格好よかったし、何よりも悪党に向かって銭を投げつける時のあのあざやかな手さばきや風を切る音の何と心地よかったことか！

「親分」

「何だ、八」

「腕が鳴るね」

ガラッ八の八五郎は、小鼻をふくらませて、親分の銭型平次を仰ぎました。

初夏の陽《ひ》を除《よ》け、とぐろを巻いた縁側から、これも所在なく吐月峯《とげっぽう》（灰吹き）ばかり叩いている平次に、ひとかど言い当てたつもりで声を掛けたのでした。

「腕の鳴る面かよ、馬鹿野郎。近頃お湿《しめ》りがないから、喉《のど》が鳴るんだろう」

「違《ちげ》えねえ」

平手《ひらて》で額をピシャリ。この二三日スランプに陥っている平次から、この痛快な馬鹿野郎を喰わせられるのが、ガラッ八にはたまらない嬉しさの様子です。

「八、あれを聞くがいい」

「何ですえ、親分」

「誰か来たようだ、とんだ面白い仕事かも知れないよ」

「――」

「家の前を往ったり来たりしているだろう。入ろうか入るまいか、先刻《さっき》から迷っている様子だ、――女の跫音《あしおと》だね」


一見、こんなのんびりした場面からこの物語は始まります。が、平次宅を訪ねてきた一人の美しい娘の登場で、話の流れは一変します。

訪ねてきたのは灸点《きゅうてん》横町の裏長屋に父と二人暮らしをしているお浜という娘であった。彼女が身体《からだ》を震わせ、震わせ語るには……。父親は、神田界隈ではよく名の通った鍼灸師の多の市である。検校の地位を金で買おうと一日三食の食事を二食に、ボロボロの着物で我慢をし、あばら家同然の裏長屋で、爪に火を点《とも》すような日々を送ってきた男である。悪名高い高利貸でもあった。「蛸市」とか「赤鬼」など、世間からは恨みつらみをぶちまけられるような呼ばれ方もされている。一〇年前には妻との縁も切ってまで吝嗇《りんしょく》を貫いてきた。検校の地位を買うための金をこの二〇年間、一心不乱になって貯め込んでいたのである。検校になって馬鹿にしている世間を見返してやろう、と。だが、その命がけで貯めた九百九十両もの金が、何者かによって盗まれてしまった。竹筒のなかに貯め込んだ大金が、一夜にして消えてしまったのである。「父《とと》さんは、あの金を盗られては生きている張合いもないから、殺してくれ！」と半狂乱になっているとのことだ。お浜から助けを求められた平次と子分の八五郎が事件解決のために乗り出す。

怪しいのは、多の市が大金を持っているということを知っている者だ。一番よく知っている者は娘のお浜だ。その他、お浜といい仲の経師屋の吉三郎、多の市と仲のよい佐の市、一〇年前に別れた女房のお皆、内職で細々と生計を立てている隣の大年増お角、そして似非修験者で隣町に住んでいる道尊坊という男だ。平次たちは一人ひとり取り調べに当たる。しかし、それぞれ居所がはっきりしていたり、動機が不十分であったりして、なかなか事件の張本人が見つからない。そのうち、お角が何者かによって殺害される。九百九十両を奪った下手人はお角を殺害した者なのだろうか……？

言うまでもなく、「捕物帳」は捕物を題材にした時代小説です。与力や目明かしなどが登場し、江戸情緒あふれる下町や裏長屋などを背景に、庶民の人情や風俗を描いたものです。作品としては、本編が含まれている『銭形平次捕物控』、岡本綺堂の『半七捕物帳』、佐々木味津三の『右門捕物帖』などがよく知られています。

この作品は前記のように、野村胡堂の数多い『銭形平次捕物控』シリーズのなかにある一編です。映画やテレビドラマの場面でよく見られる、「投げ銭」シーンはありませんが、肩肘張らず楽しく読める短編です。「捕物小説」（現代風に言えば「推理小説」）としての面白さもさることながら、江戸の下町に暮らす人々の日常を垣間見ることができ、その時代へすっとタイムスリップできるのも楽しみの一つです。

ところで、野村胡堂の随筆に面白いものがあります。『随筆銭形平次　捕物小説というもの』という小品です。そのなかにこんな一文があります。「捕物小説の主人公は、理想化された町方役人または御用聞きであり、その活動の舞台は、ほとんどことごとくが、江戸っ子の庶民階級である。そこへ登場する武家は、先祖の手柄で徒食（働かないで遊び暮らすこと）する、ドン・キホーテの場合が多く、通俗小説の英雄――忠臣義士はあまり顔を出さない」「『捕物小説の与力や目明かしは、決して賄賂を取らない』とある人はいった。いかにも面白い言葉である。現代の世知辛《せちがな》さに疲れ果てた人が、江戸時代への回顧に、一脈の慰安を感ずるように、毎日眼に触れる収賄贈賄の新聞記事に中毒している人達は、江戸時代の御用聞きの清廉さに、涼風腋下の快感を覚えることであろう」

以上、紹介したように「武家は、先祖の手柄で徒食する、ドン・キホーテの場合が多く」とはよく言ったもので、また「捕物小説の与力や目明かしは、決して賄賂を取らない」という箇所も現代の一部政治家諸氏や官僚たちにぜひ聞かせてやりたい言葉です。

「九百九十両」では、こうした庶民の一人として鍼灸師多の市が登場します。ただし、一般庶民とは違って、強欲・吝嗇を貫く小悪党的な高利貸としても描かれています。とはいえ、極悪非道な金貸し人ではありません。むしろ、大金を盗まれ「お願いだ、殺してくれ。俺はもう生きる精も張合いも抜けた」などと叫んでいる、憎めない、少々お人好しな善人として描かれています。

九百九十両といえば、千両まであと一〇両という、江戸の庶民には目の玉が飛び出るほどの大金です。一盲人が簡単に蓄えられるようなものではありません。当時は一〇両の盗みをしただけでも、死罪を言いわたされるような時代でした。しかし、盲人がその途方もない大金を貯め込むことには、もちろん理由がありました。多の市の娘お浜は、平次親分にこう述べています。

「盲目の望みは検校でございます。眼が見えないばかりに、艱難辛苦《かんなんしんく》して育った父さんは、人様に馬鹿にされる口惜《くや》しさが昂じて、一生のうちには、石に嚙り付いても検校の位に上り、今まで馬鹿にした人達を、眼下に見てやろうと思い立ったのです」

では、検校の地位を得るためにはどれほどの金が要り、どれだけの階段を昇っていかねばならなかったのでしょうか。すでに、「検校の描き方もいろいろ」のところで触れましたが、再度確認をしておきます。当時、盲人の社会には「当道座」という座組織がありました。「当道座」とは、中世から近世にかけて、日本に存在した盲人の自治的な互助組織のことです。盲人の官位を司り、その職業などを保護する制度でした。その官位を盲官といい、大まかに言うと次のようなものです。座頭《ざとう》、勾当《こうとう》、別当《べっとう》、検校《けんぎょう》となっています。検校が当道座の最高位の盲官となるわけです。各階級は一六階七三刻に分かれ、一刻上がるごとに金を上納しました。検校に昇りつめるまでの金額は七一九両掛かったといわれています。

検校になれば、専用の頭巾・衣服・杖などの所持が許され、数々の特権や権益を得ることができ、社会的にもかなり地位が高くなりました。なかには、一五万石程度の大名と同等の権威と格式を持つ者まで現れました。大金を積めば、当時の盲人に夢のような世界を保障してくれたわけです。七一九両の金を持参して京へ上り、「職屋敷」（「当道座」の本所で、久我家がその任を担った）に納めさえすればよかったのです。ですが、事はそう簡単には運びません。ほとんどの盲人たちは爪に火を点すような日々を送ってきたとしても、ままならぬこの世だったのです。

さて、話を「九百九十両」に戻します。物語の結末はいったいどうなったのでしょうか？「捕物小説」（「推理小説」）で、話が最後までいかないうちに「下手人（犯人）は××でございます」と答えを言ってしまうのは、実に愚の骨頂な話だとは思いますが、ここで明かしてしまうことをお許しください。下手人は、道尊坊という男です。彼は獄門に処せられましたが、お皆とお浜は平次の情で、何の咎《とが》も受けませんでした。そればかりではなく、多の市も我慢の角を折って、一〇年別れ住んだ女房のお皆と一緒になり、お浜と吉三郎の仲も許し、平凡ながらも腕のいい按摩師として無事、一生を送ったとのことでした。めでたし、めでたしです。

＊野村胡堂「九百九十両」　文春文庫『銭形平次捕物控傑作選2　花見の仇討』（二〇一四年　文藝春秋）

柴田錬三郎『岡っ引どぶ』の町小路左門

ここで紹介する「岡っ引どぶ」は、柴田錬三郎の捕物帖時代小説です。私は今回のテキストに文庫本の『新装版（柴錬捕物帖）岡っ引どぶ』（二〇〇六年　講談社）を選んでみました。表紙カバーには、次のような内容紹介の書かれた帯が巻かれています。今すぐ手に取って、ページを繰ってみたくなるようなキャッチコピーが躍っています。

どぶは飲む、打つ、買うの三拍子揃ったとんでもない岡っ引。本名はだれも知らない。家もなければ、家族もいない。そのどぶの度胸と腕っ節を買ったのは、盲目だが抜群の推理力を持つ与力、町小路左門。ふたりが組んで江戸の町に次々に起こる奇怪な事件を見事に解決していく、面白さバツグンの痛快捕物帖。

作中、盲目の旗本町小路左門は与力として登場するため、「市井に生きる盲人たち」というテーマからは少し外れる人物かもしれません。しかし、主人公のどぶが江戸市中を歩き回り、嗅ぎ回って集めた数々の情報を左門に伝えたり、難問に行き詰まって指示を仰いだり、謎めいた暗示を与えられたりしながら行動している姿を見ると、二人の関係からしてもその心配はなさそうです。江戸市中の出来事や事件などに関する、左門の鋭い嗅覚や直観力・推理力はどぶのそれをはるかに超えており、むしろどぶがたじたじとなる場面の方が多いくらいです。

では、あらすじを紹介していきます。この作品は第一話「名刀因果」、第二話「白骨御殿」、そして第三話「大凶祈願」の三話から成っています。主人公どぶと左門は三話とも登場しますが、物語はそれぞれ独立したものです。ここでは第一話の四分の三ほどを簡単に紹介します。というのも、この作品は今でいう推理小説であり、結末まで語ってしまうのもあまりにも芸のない話だと思ったからです。

時は天保（江戸時代後期）のころである。舞台は江戸本郷菊坂台町の「怨霊屋敷」。旗本八〇〇〇石三河譜代近藤右京亮《うきょうのすけ》の住まいである。近藤家は代々、「狂人」か「白痴」が生まれる呪われた陰惨な家系だと噂されている。現に、当主右京亮は二〇年前に乱心し、六〇になる今まで一度も登城していない。長男市之助は三〇を超えているが、未だ七、八歳の「知能」しか持たない。その妹は絶世の美女だが、「盲目」である。町小路左門は、こんな近藤家に代々伝わる名刀「大盗《だいとう》正宗」が何者かによって狙われていることをどぶに伝え、盗まれぬよう見張ることを指示する。

命じられたどぶは「怨霊屋敷」と呼ばれる近藤家に忍び入り、天井裏からその「正宗」を守ることになった。そもそも、徳川一一代将軍家斉から一二代将軍家慶へ代替わりするに当たって、特に求められて、近藤家よりその「正宗」が献上されるというところから話が始まっている。そこに「お家騒動」が絡んでいるらしい。まず、近藤家の家臣佐倉某が何者かに狙われている「正宗」を守護してほしいと左門に依頼してくる。一方、盲目の娘雪も密かに町小路家を訪れ、佐倉と同様の依頼をする。左門は両人とも何か隠しているな、と気づく。どぶはその経緯を全く知らない。

天井裏で雪の部屋を見張っていたどぶは、彼女がどこからか「正宗」を持ち出し、大事そうに抱いているところを目撃する。或る晩、雪の部屋の行燈が突然消え、彼女の叫び声を聞く。どぶがほんのちょっと目を離した隙《すき》を突かれた。丸窓を蹴破る音とともに、「正宗」を奪った賊は闇のなかへ姿を消した。近藤家では大惨事が起こったにもかかわらず、騒ぐことはできない。どぶはどぶで大失態を演じてしまったのである。それぞれ、犯人捜しに躍起となった。どぶは屋敷内をくまなく探索してみた。が、何も発見できない。

その後、泉水（庭先に造った池）の辺《あたり》で釣り道具の浮《うき》を見つける。その浮がついていたであろう細引きの端くれをつかんだ男（元渡り奉公でうなぎ捕りの佐兵衛）の首なし死体発見。その佐兵衛を斬ったのは山田袈裟《けさ》右衛門（首斬り袈裟右衛門）という侍であろうと見当をつけて役宅へ乗り込むどぶ。そこで斬り合いとなり、十手刀（仕掛け十手）で袈裟右衛門を刺殺してしまう。その際、袈裟右衛門は「ま、まー正宗を、近藤へ、か、返さないで、くれ」とか、「わしの、いのちが、雪さんなのだ。……雪さんのために……」と謎めいた言葉を残して絶命してしまう。「正宗」は掛け軸のはずれた壁の穴のなかに隠されていた。

どぶはそれを持って左門宅を訪れる。めでたし、めでたしとなるところであったが、盲目の雪と近藤家小者小屋で育った袈裟右衛門（実は近藤家乳母の子）との間にあった秘密の「誓い事」まで知る由もなかった。

結末は、「人情物」としての大どんでん返しが待っています。最初から主人公のどぶを中心にして読み進めていくと、さまざまな人たち（まともにお天道様を仰げないような人たちも含めて人情味あふれる人たち）との出会いや、数々の難事件に遭遇し謎解きに熱中したり、何度も危ういところをすり抜けて大活躍するどぶの小憎らしいほどのごろつきぶりをあらわにした「岡っ引像」が浮き上がってきます。このようなどぶを作者は物語のなかで、がんじがらめに縛りつけられた武士社会の掟など何のその、思いっ切り自由奔放に、生き生きと描いていきます。もちろん筋運びが巧みで、テンポがよく、場面展開のあざやかさなど、「柴錬」ならではの筆力で読者をぐいぐい引っ張っていきます。

一方、主に左門を意識して読んでいくと、「静と動」というか、「陰と陽」というか、はたまた「裏と表」というか、主人公どぶとの対比がいっそう際立って、面白さの味が変わっていきます。左門は全く目の見えない人物で、趣味にしている釣り以外、自分の屋敷からほとんど外へ出ることはありません。屋敷内では、いつも居室で端座しているか、釣竿の糸に括りつけた鼠を小猿（愛玩しているサル）に追いかけさせるあそびに興じたりしているだけのように見えます。小夜という身の回りの世話をしてくれる娘とも用事以外のことはほとんどしゃべりません。こんな左門でしたが、時折やって来るどぶには鋭敏な推理力を発揮して、難事件解決のためのヒントやアドバイスを送り続けるのでした。

では作中、盲人としての町小路左門はどのように描かれているのでしょうか。前述したように、この作品の主人公はどぶであり、左門は「静・陰・裏」の人として描かれているため、登場する場面はあまり多くありません。そこで、第二話、第三話からも少し借用して紹介します。


「旦那ー、どぶでござんす」

三度ばかり、呼ぶと、くらい屋内から、ゆっくりと、黒い人影が、うごいた。

広縁に現れたのは、すらりと高い武士であった。

黒の着流しがよく似合う美男であった。気品もある。

年歯はまだ二十代と半ばであろうが、おちついた物腰に、風格があった。

ただ、気の毒なことに、その双眼が、かたく閉じられていた。目蓋《まぶた》は、おそらく、永久に開かないのであろう。


（第一話「名刀因果」より）


実はこれが最も肝心なことなのだが、どぶは、対座していると、双眼を閉じた左門の姿に、すこし大袈裟《おおげさ》にいえば、一種の妖気のようなものがただようのに、息苦しくなって来るのであった。

この圧迫感は、どぶだけでなく、向い合う人すべてが、受けるもののようであった。

そして、その人その人によって、感じかたが、すこしずつ、ちがっているらしい。

——なにか、先祖におそろしいことが起って、そののろいが、この御仁《ごじん》にふりかかっているのではあるまいか？

そうおそれる者もいた。


（第一話「名刀因果」より）

何気なく、どぶが膝行《しっこう》したとたん、左門は、背後に置いてある大刀を把《と》るが早いか、

「えいっ！」

抜きつけの一閃《いっせん》を、あびせて来た。

どぶは、かわすいとまもなく、あっと、上半身を反らしたただけであった。

白刃の切先は、どぶの額へ、紙一重で停《と》められていた。

左門は、すっと、刀を引くと、鞘へ納めた。

「お、おどかさないで、おくんなせえまし」

どぶは、顔の汗を、手の甲でぬぐった。

盲目の身で、なんとも鮮やかな手練《てだれ》ぶりであった。


（第二話「白骨御殿」より）


盲目になった左門は、この小鳥狩を、武術修業のひとつにしたに相違ない。

そして、それを思い出して、秋の陽ざしの中で、こころみようとしているのであった。

どぶが、興味をもって、見まもるうちに、左門は、やおら、竹竿を、直立させ、すこしずつ、挙げた。

一瞬――。

さっと、竹竿は、突き上げられた。

バタバタと羽音をたてて、一羽の小鳥が、もがくのが、どぶの目に映った。いそいで、近づいたどぶは、みごとに、鳥黐《とりもち》に刺された目白を、そっと取りはなして、

「どうなさいます?」

と左門に問うた。

（第三話「大凶祈願」より）

口元に冷笑を湛《たた》えた、ニヒルで、何事にもストイックな盲目の美剣士町小路左門が目の前に浮かんできます。謎めいた、妖気をはらんだ人物としても、柴錬らしい筆致で描かれています。柴錬が時代小説のなかで好んで描く典型的な人物像です。どぶという真逆なキャラクターを持つ人物との対比が、実に面白いのだと思います。ただ、盲人としての描き方がパターン化しているところや、見えないという「属性」をことさら強調するような表現にはやや抵抗感を覚えます。作中に表れる「狂人」・「白痴」という言葉、そして「盲目《めくら》」という表現とともに気になります。もちろん、巻末に編集部としての「断り書き」はありますが……。

面白いといえば、「運命峠」でも紹介した尾崎秀樹の『大衆文学論』（一九六五年　勁草書房）のなかにある次のような文章を思い出しました。「作中人物や事件のリアリテを考慮に入れず、ただ面白おかしく筋を運ぶだけに急で、低級な民衆の喝采を博するままに、そこだけに専念になってしまうと、ますますその好悪だけを気にするようになり、自分で省察する機会を失っ

てしまう。こうなったら、もうおしまいである」と千葉亀雄の「民衆文学の傾向を論ず」のなかの一文を紹介し、ただ面白ければいいという傾向に注意を促しています。

こうしたとらえ方を、現代大衆文学をどうみるか、というような「文学論議」はひとまず横に置いてでも、皆で気軽に論議してみるのも面白いと思いました。

＊柴田錬三郎「岡っ引どぶ」講談社文庫『新装版（柴錬捕物帖）岡っ引どぶ』（二〇〇六年　講談社）

平岩弓枝「白藤検校の娘」の徳の都

「白藤《しらふじ》検校の娘」は、平岩弓枝の連作時代小説『御宿かわせみ』シリーズのなかの一編です。『御宿かわせみ』は、大川（隅田川）端にある旅籠「かわせみ」を舞台にして、さまざまな人間模様が動いていく「捕物小説」です。時代は江戸後期。「かわせみ」に関係する人々が、江戸の市井に起こる事件を次から次へと解決していきます。底辺にはいつも江戸情緒ゆたかな四季折々の風情と、東吾とるいに象徴される江戸庶民のあたたかい人情が流れています。

主な登場人物は、主人公の神林東吾（八丁堀吟味方与力神林通之進の弟で剣術指南などをしている）、るい（東吾の恋人で後の妻「かわせみ」の女将《おかみ》）、東吾の幼いころからの友であり、よき理解者でもある八丁堀定町廻《じょうまちまわ》り同心の畝源三郎、岡っ引の長助と仙五郎、そして「かわせみ」の奉公人嘉助（番頭）とお吉などです。一九七三（昭和四八）年、『小説サンデー毎日』二月号に第一話が掲載されて以来、多くの時代小説ファンに人気のある作品シリーズとなりました。『小説サンデー毎日』が休刊後、一九八二（昭和五七）年に『オール讀物』（文藝春秋）四月号で再開され、その後休載・再開を繰り返し、二〇〇五（平成一七）年一一月号掲載作品をもって終了しました。その作品数は優に三〇〇を超えています。

私も『御宿かわせみ』シリーズの一ファンでした。一話一話が短く、いつでもすぐ読めるのがよかったのでしょう。仕事で疲れた時や、少々気が滅入っている時など、ずいぶん助けてもらいました。江戸の市井（人情）話に癒《いや》されたのだと思います。しかし、時代を明治に移してからの『新・御宿かわせみ』シリーズが連載されるようになっていつの間にか、「大川端」から遠のいてしまいました。

次に「白藤検校の娘」の内容紹介に入ります。徳の都《いち》とその娘の話を中心に紹介しますので、東吾とるいが登場する旅籠「かわせみ」場面は省いています。

東吾は源三郎・長助と一緒に、江戸本所一つ目橋あたりを歩いていた。突然、ぱらぱらと石つぶてが飛んできた。見ると、六、七人の男たちが盲目の老人と若い娘を取り囲むようにして、小石や古草鞋《わらじ》などを手当たり次第投げつけている。逸《そ》れたものが飛んできたのである。男たちを追いはらってから東吾は、「どうか今の狼藉《ろうぜき》者どもをひっとらえて、御上へ突き出してくだされ」と本所石原町に住む鍼灸師徳の都（自宅の庭にある白い藤の花にちなんで「白藤検校」と呼ばれている）から哀訴される。しかし、娘の方は「そんなこと言ったって無理よ。私たちの味方をしてくれるような人はありゃあしません」と制する。聞きとがめた東吾は、襲ったのは木場（現在の東京都江東区中部の地名　元禄時代からある材木市場）の若い衆で、弥平という人足頭の下働きをしている者たちであることを知った。

その後、謝罪にやって来た三人の男たちが言うには……。弥平はばくちに手を出し、店から預かっていた人足の手間賃をつい使い込んでしまい、金貸し業もしている徳の都から三ヵ月の約束で一〇両の金を借りた。ところが、期限の三ヵ月が過ぎても返せない。検校の方からは取立人がやって来て、きびしい催促が始まる。弥平は酒の勢いを借りて、またばくちに手を出した。そんなことでは返せるはずがない。利息だけでもうなぎ上りに。ドロ沼にはまってしまった。そこで、仲に入った者が、弥平の娘を吉原へ奉公に出すという話になりかけて、「あまりにひどい話じゃあないか」と木場の若い衆が……ということになったのである。

「白藤検校」の娘おきみは、自分とは三歳ぐらいしか違わない弥平の娘の身売り話に嘆き悲しむ。もともと、父親が金貸し業をしていることに反対であった。父親に頼んで、「三ヵ月のうちに元金の十両だけを返せばよい」という証文をつくってもらう。おきみと代理人を引き受けた東吾はこの証文を深川入船町の長屋に住む弥平宅へ持っていった。

「ありがたい、ありがたい」と弥平とその女房・娘三人は大喜び。しかし、おきみは土下座までしてありがたがる弥平一家に何かしら不安を覚えた。その不安が当たった。それから幾日かして、弥平が岡場所（江戸深川・品川・新宿などの非公認の遊里）で刃傷沙汰を起こし、殺害されたという報せを受けたのである。東吾は「金っていうやつには、どうしても恨みつらみがつきまとうからな」と自分でも口にする。あの時、不安な気持ちを漏らしたおきみの心持がわかるような気がした。

一話一話がそれぞれ独立しているものとはいえ、『御宿かわせみ』は連作時代小説です。この作品に至るまでの流れや、東吾とるいとの逸話、それに江戸庶民の暮らしぶりなどを織り込まないと、やはりさびしい内容紹介になってしまいます。そこはご容赦いただいて、徳の都の金貸しに関わって、少しエピソードをつけ加えておきます。「白藤検校」の娘おきみの必死な思いにもかかわらず、弥平は残念な結末を迎えてしまいました。実は、こんなことが起こる前にも一騒動があったのです。

ある日、事あればその都度用立てている旗本の家臣が検校宅にやって来た。徳の都は「娘のために金貸しはやめた」と断る。が、「それでは御家の大事になる。手ぶらで帰るわけにはいかない。ここで切腹をする」とその家臣は切羽詰まって逆上してしまう。東吾が割って入り、騒動はひとまず治まった。結局のところ、家臣は徳の都から金を借りて帰ることができたのだが、驚いて庭に逃げ出したおきみは放心状態のままだった。そんな娘に向かって東吾は「金貸し商売をやめるのも、なかなか大変なものだな」と複雑な思いで声を掛ける。それに対して、おきみは「この方の場合は仕方がないと思います。でも、金貸しをやめる気持だけは変えません。こんな思いをするのだって、お金を貸していればこそです」ときっぱり言い切る。その後、金貸しに関する仕事を少しずつ整理していき、徳の都は鍼療治に精を出し、おきみは琴の師匠としておだやかに暮らしていった。

さて、徳の都とはどんな横顔を持つ人物なのでしょうか。その生い立ちに触れたところを作中より簡単に紹介します。

本所一つ目橋の出来事があった翌日、東吾は川風のさわやかな「かわせみ」の庭で、干してある梅の実などを眺めていた。そこへ岡っ引の長助がやって来る。るいの入れてくれた茶を飲みながら東吾は、助けてやった検校のことを長助に聞いている。長助いわく、「本所へ来る前は四谷に住んでいたとのことで、赤ん坊の時に大病をして、目が見えなくなってしまったそうだ。幼名を徳松という。失明した我が子の将来を案じて、両親は琴の稽古に通わせたり、鍼や揉療治を学ばせたりした。成人になってから運のいいことに、日頃鍼療治に行っていた旗本大久保家の隠居の腰を治したのがきっかけとなり、あちこちに贔屓《ひいき》が増えた。ことに、大久保家の隠居がたいそうかわいがってくれ、勾当や検校の位を取るに当たってもずいぶん力添えをしてくれたようだ。その後、金持の商家からの援助もあって、やがて本所に家を構え、おおかたの盲人たちがそうするように、琴や鍼療治の片手間に金貸し業も始めることになった」とのことである。

江戸の検校の描き方としては特段変わったところはありません。むしろ、当たり前過ぎるほどの描き方です。この作品に限らず、平岩弓枝の『御宿かわせみ』に登場するほとんどの人物は、江戸の町のどこにでもいる「ふつう」の人たちばかりです。今、私の隣に座っているやさしい人のようです。だからこそ、癒されもし、安心感も持てるのだと思います。

作品から癒しや安心感を漂わせてくれる「小道具」の一つに、四季折々の樹木や草花の描写があります。「かわせみ」の庭にも白梅・紅梅、玄関脇には桜が一本、中庭には藤棚があります。居間の外には百日紅、秋には嘉助が丹精込めた菊が咲きほこり、楓と柿も彩りを添えています。「白藤検校の娘」にも朝顔が登場します。その箇所を一つ紹介して、「かわせみ」の暖簾を下ろします。

方月館の大番頭格の善助から、朝顔の苗を持たされた。

毎年、善助が丹精しているもので、色も鮮やかに大輪の花が咲く。

あまり見事なので、昨年、一鉢、もらって帰ったのを、善助はおぼえていて、

「苗の中《うち》にお持ち下さったほうが、数多くても重荷になりませんし、少々、お手間はとらせても、花を咲かせるおたのしみがございましょうから……」

十本ばかりを、うまい具合に紙にくるんで下げて行けるようにしてくれた。

（中略）

善助が、よく湿った藁の中へ囲って、紙に包んだ朝顔の苗は、るいとお吉が早速、鉢に植え、たっぷり水をやっている。

「昨年、頂いたのの種子をとっておいたんですよ。先月の終りに、鉢に播《ま》いたんですけど、いい具合に芽が出て、この苗ほどじゃありませんけど、随分、のびているんです」

陽のよく当る所へ並べてあったのを、るいが持って来てみせた。

※なお、「白藤検校の娘」は『オール讀物』一九八六年五月号に掲載されたものです。
※「吟味方与力」とは、町奉行に代わって町奉行所の裁判を実際に遂行した重要な職務のことです。
※「定町廻り同心」とは、町奉行所配下の同心で、江戸市中を巡回した者のことです。

＊平岩弓枝「白藤検校の娘」　文春文庫『一両二分の女　御宿かわせみ9』
（二〇〇五年　文藝春秋）

■朝井まかて「阿蘭陀西鶴」のおあい

せかせかと忙《せわ》しない足音が耳朶《じだ》に響いて、おあいは包丁を持つ手を止めた。顎を上げて台所の小窓に顔を向ける。ついさっきまでは頰に陽射しの温もりを感じていたのに日が傾いたのだろう、夕風が額を撫でる。

「お父はん、もうすぐ帰ってくるわ」

おあいは土間を振り向いてお玉に告げると、再び左手で白菜《しろな》を摑《つか》んだ。

さっと茹《ゆ》で上げたそれには、掌を押し返すような水気がたっぷりと残っている。包丁の刃先で根元を落とし、ざくざくと切り分けていく。両の手をいちいち動かして寸法をたしかめずとも白菜は三寸五分になっていて、このきちんと揃った巾と迷いのない切り口が舌触りと嚙み心地を左右するのだと、おあいは思っている。

おあいは母みずゑから手を取るようにして、幼い頃から台所を仕込まれた。


ばたばたという足音や、さわさわと額を撫でる夕風、ざくざくと白菜を切り刻む包丁の音、そしてお玉が水屋からのろのろと出している皿と皿が触れ合う音などが聞こえてきそうです。朝井まかての「阿蘭陀西鶴」はこんな「音の風景」から物語が始まります。江戸時代の元禄期に俳諧師・浮世草子作家であった井原西鶴と、全盲の一人娘おあいとの物語です。「阿蘭陀流」（異端者）と自他ともに認めながら、世間の風評や幕府の統制に抵抗し、市井の文学を作り上げていく姿を、おあいの視点から描いていきます。少々長めのあらすじになってしまいますが、紹介します。

西鶴は、代々大坂（現在の大阪）鑓屋町で刀剣商を営んでいる商家に生まれた。曾祖父が亡くなった後は店を古株の手代に任せて、自分は隠居の身となり、俳諧に身を乗り出したのである。一人娘のおあいは全く目が見えない。が、母のみずゑに家事仕事を教えてもらい、母亡き後は家事一切を奉公人のお玉とともにこなしていた。

西鶴は俳諧師仲間や版元を家に招いて、俳諧の話や世間話をするのが大好きであった。そこに必ずといっていいほど、目の見えない娘を引き合いに出して自分のことを自慢する。おあいはそれが嫌で嫌で堪らなかった。また、こんなこともあった。母の初七日の法要で「脈のあがる、手を合わしてよ、無常鳥《ほととぎす》」（母の脈がだんだん細くなる様）と詠んだ。その後、次から次へと句を吐き続け、それを『独吟一日千句』と題して出版までしたのである。ところが、父は母が息を引き取った時、家にはいなかった。弟の一太郎と次郎太も母の死の直後に養子に出されている。家族にとってこれほどいい加減で、でたらめな父親もいないであろう。

西鶴は無名の俳諧師たちと、俳諧の主流といわれた京の貞門派（江戸初期松永貞徳を祖とする俳諧の流派）に対抗し、新たに句集を出版した。が、全く相手にされない。主流派の向こうを張って、「阿蘭陀（異端）流のわしこそ新風や」と開き直っていた。しかし、師の西山宗因（大坂天満宮の連歌所宗匠　談林派の祖）にも疎んじられるようになり、『独吟句集』への奥書依頼も断られてしまう。

宗因没後、西鶴はその年の盆におこなう予定だった「追善興行」をいきなり一周忌まで延ばすと言い出す。さらに、深江屋（版元）に稿料を前借までして本を出版しようとする。おあいを伴い淡路の旅籠に投宿し、『好色一代男』という長い物語を書き上げた。

出版を深江屋に依頼したが、けんもほろろに断られる。時は徳川五代将軍綱吉の治世。誰もが公儀の取締を恐れて、「好色物」に手を出さない。窮地に追い込まれた西鶴だったが、家に訪れた可心《かしん》という俳諧仲間（思案橋で荒砥《あらと》屋という砥石問屋を営む）に版元を引き受けさせる。出版後、『一代男』は売れに売れた。おあいは、父親の出版本が大成功を収めたことにほっとしながら、もっと父のことを知りたくなった。

西鶴は宣言していた通り、宗因の一周忌追善句会を開いた。談林派の主立った俳諧師すべてに案内を出したが、彼の一派以外の者は欠席であった。そんなことにもめげず、『役者評判記』なども出版し、ますます意気盛んな執筆活動を続けた。同時期、京では芳賀一晶《はがいっしょう》が一万三五〇〇句の「矢数俳諧」（一昼夜または一日の間に独吟で句数の多さを競う俳諧の催し）をおこない、江戸では松尾芭蕉が活躍していた。

西鶴は住吉大社の神前で「大矢数俳諧」を興行した。そこで、二万三五〇〇句を詠み上げた。

が、深くため息を吐き、「射てみたが……何の根もない大矢数」とつぶやく。自身、全く満足していないのだ。しばらく俳諧から離れ、草子執筆に専念するようになる。そのことをおあいも気づいていた。以後、『好色五人女』・『好色一代女』など、いわゆる「好色物」といわれる草子が続々と出版される。家も長年住み慣れた鎗屋町の隠居家から、手狭にはなったが錫屋町の長屋に転居した。

ある日、おあいは一人で順慶町（現在の大阪市中央区南船場一〜三丁目　江戸時代の新町遊郭の東口筋に当たる）へ買い物に出かけた。雑踏のなかで、道に迷ってしまう。途方に暮れていたところ、別れていた弟の一太郎とばったり出会う。そこで、忘れていた幼少時の話を聞かされる。「おあいが一人前になるまでくれぐれも……」と母が亡くなる間際、父に向かって頼んでいたことを。そして、覚悟を決めた父は息子二人と縁を切ったことを。それを聞かされたおあいは、知りたがっていた父の素顔の一端に触れたような気がした。

その後、西鶴は「町人物」の『日本永代蔵』などを出版し、旺盛な執筆活動を続けていく。ところが、ぱったりと筆を止めてしまう。広げた扇子を一気に閉じてしまうような止まり方だった。心配したおあいが聞いてみると、「自分の作品がどれもこれも嘘のように思えてきた。いったいどうしたら人が生きること、死ぬことに迫れるのだろうか」とつぶやくのであった。原稿の催促に来ていた版元もやがて姿を見せなくなる。そんな時、芭蕉が西鶴の俳諧添削を手に入れ、「西鶴は句の良し悪しを論じていない。阿蘭陀西鶴浅ましく下れり」と激しい批判をした。それを耳にした西鶴は激昂する。再び西鶴は草子を書き始めた。ひたすら筆を走らせたのが『世間胸算用』である。題材は、近所の隠居仲間から聞いた貧乏の苦労話や笑い話であった。そこに描かれているのは、掛取りに追い立てられる大晦日、貧しくも明るく、必死に生きている町人（市井に生きる庶民）の姿と、彼らに対する掛け値なしのあたたかく、やさしいまなざしであった。

西鶴が、『世間胸算用』の稿料を手にしたのは大晦日の夕方であった。数年来、ろくな出版をしていないので、正月祝いの準備など全くできていない。戸外で、やいのやいのと騒いでいる取り立てを西鶴とおあい父娘は、『世間胸算用』の世界そのままに身を寄せ合い、布団にくるまってやり過ごしていた。その時、西鶴はおあいが異常に痩せていることに気づく。三ヵ月後、おあいは父に一年先立って没した。享年二六であった。

この小説の主人公は西鶴です。突然、俳諧仲間などの客を家に連れてきて、おあいたち家族に食事の用意をさせたり、客の接待を強要するような迷惑千万な父親です。かと思えば、急に家を空けて何日も帰ってこないというあり様です。約束したことを平気で破るし、添削料や稿料などもすぐどこかへ消えてしまいます。貧乏暮らしの連続でした。一緒に暮らす家族は大迷惑。しかし、知ってか知らずか、西鶴本人はどこ吹く風。自由奔放に、実に勝手気ままな日々を送っているのでした。西鶴は大変目立ちがり屋で、道楽者。そして、派手好みで、見栄っ張り。それでも、どこか憎めない人でした。

そんな西鶴（父親）の姿を、全く目の見えない娘おあいから語らせているところに、この小説の面白さがあります。見える者にとって当たり前に映る世界でも、見えない者が他者へ伝えるには、聴覚や嗅覚、そして触覚など視覚以外の感覚をフルに使って届けざるを得ません。どうしても「……のようだ」とか、「……そうだ」とか、「……らしい」などの婉曲表現や間接表現になってしまいがちです。すると、あいまいで、弱々しい印象を与えてしまいそうです。しかし、書き出し部分でも紹介したように、おあいの登場する場面を追っていくだけでも決してそうではないことに気がつきます。特に、おあいが台所仕事をしている場面や、いろいろな人たちと接する場面など、実に生き生きと、あざやかな色彩を帯びて目のなかに飛び込んできます。作中、このような場面はたくさんあります。例えば、書き出し部分のすぐあとにこんな場面が続きます。


母が息を引き取ったと悟ったおあいはすぐに台所に入って湯を沸かし、いつものように昆布で出汁を取った。足つきの俎板《まないた》は板ノ間の床に置いてある。その前に坐《すわ》って包丁を握り、包丁の背で里芋の皮をこさいでは水を張った桶に入れる。筍《たけのこ》や蒟蒻《こんにゃく》を煮しめ、蕗《ふき》は塩ずりしてから茹《ゆ》でてさっと炊き上げた。

「お葱《ねぎ》や生姜《しょうが》は使《つこ》うたらあかんのよ。臭いのきついもんを出したら、お浄《きよ》めにならしまへん」

年明けにふとした風邪で寝ついた母は節分になっても枕が上がらず、やがて寝床からそんなことを繰り返しおあいに教えるようになった。だから通夜振舞いの段取りは躰《からだ》の中にできていた。

火加減は薪《まき》のはぜる音や鍋から立ち昇る湯気の勢いでわかる。蕗が美しい青を残しているかどうかも、菜箸で挟めば指先で判じられる。ほどよい弾《はず》みがあれば、蕗はきっと春の早緑《さみどり》の匂いを残しているはずだ。

これは九歳の時の話です。気丈なおあいでしたが、母親の亡くなった歳よりわずか一歳しか長く生きられませんでした。初めのうち、どうしても受け入れがたい父親でしたが、大晦日の晩、布団にくるまり、一緒になって借金取りをやり過ごすまでに変わっていきます。最後に、自分の命がもう長くないことを知っていたおあいは、父親西鶴に「ありがとう」と胸のなかでつぶやいて別れを告げました。どんなに切なかったことでしょう。でも、どんなに幸せな思いだったことでしょう。その場面を紹介して、この舞台の幕を下ろします。

手前勝手でええ格好しぃで、自慢たれの阿蘭陀西鶴。都合が悪うなったら開き直って、しぶとうなる。洒落臭《しゃらくさ》いことが好きで、人が好きで、そして書くことが好きだ。

お父はん。

おあいは胸の中で呼びかけた。

お父はんのお蔭《かげ》で私はすこぶる面白かった。

たぶん私は親不孝な娘になってしまうのやろうけど、その時、きっとお父はんにこう言える。

おおきに。さよなら。

おあいは大きく息を吸って、賑やかな路地に出た。が、除夜の鐘が鳴り響いた途端、皆、一斉に口をつぐんだ。静まり返った夜風はもう春の匂いがした。

＊朝井まかて「阿蘭陀西鶴」講談社文庫『阿蘭陀西鶴』（二〇一六年　講談社）

あとがき（三）

今回、作品に登場した盲人たちの「共通項《キーワード》」はいったい何なのでしょうか？「市井に生きる盲人たち」というテーマで選んだ主人公たちばかりですから、もちろん市井人という言葉を挙げることができます。もっと正確に言えば、その市井人が抱いた「悔しさ」・「怒り」となるのではないでしょうか。

「喧嘩あんま」の豊ノ市は、泊まり客の侍から罵詈雑言《ばりぞうごん》を浴びせられ、無体な仕打ちを受けます。「九百九十両」の多の市は、爪に火を点すような生活のなかから蓄えた大金を一夜にして盗まれてしまいます。その「悔しさ」といったら、半狂乱になるほどでした。また、「岡っ引どぶ」の町小路左門は、市井人の「悔しさ・怒り」を超越した人物として描かれており、「白藤検校」は道端で出会った「狼藉者《ろうぜきもの》」に対する一時《いっとき》の「怒り」と、金貸し業が故に生じる複雑な思いのなかの「悔しさ」を味わっています。「阿蘭陀西鶴」のおあいの「悔しさ」は、母親の通夜の席で、近所のおかみさん連中から言われる「まあまあ、可哀想に、こないなことさせられて」とか、「刃物持つやなんて危ない、危ない」、そして「不憫やなあ」などと要らぬ世話を焼かれて、台所から引きはがされるようなことでした。

さらに、「もう一つの『共通項』は？」と問われたら、私は市井人としての「やさしさ」と「あたたかさ」と答えると思います。それは、「悔しさ」をいやというほど味わった人の「やさしさ」であり、「怒り」を前向きな発進力に変えた人の「あたたかさ」です。彼らの「やさしさ」と「あたたかさ」に触れることで、私の気持ちもずいぶん楽になりました。励まされもしました。特に、「阿蘭陀西鶴」おあいには心からのお礼を言いたいと思います。「おおきに、ありがとう。さようなら」と。

●著者略歴

髙林　正夫（タカバヤシ　マサオ）

一九四八年　静岡県生まれ
一九六七年　静岡県立静岡高等学校卒業
一九六九年　大阪府立盲学校（現大阪府立大阪南視覚支援学校）理療科専攻科入学
一九七二年　同校卒業
一九七五年　佛教大学通信教育学部初等教育学科入学
一九七七年　同大学初等教育学科修了
その後、大阪府立茨木養護学校（現大阪府立茨木支援学校）勤務を経て、大阪市立盲学校（現大阪府立大阪北視覚支援学校）勤務
二〇〇九年　同校退職
現在、大阪府交野市在住
著書：『音でみる心も色も　——紅葉から慎太郎まで、作家が描いた視覚障害者像』（本の泉社／二〇一八年）

異風の人――時代・歴史小説に描かれた盲人像

2020年9月20日 初版第1刷発行

著　者　　髙林《たかばやし》　正夫《まさお》
発行者　　新舩《しんふね》　海三郎《かいさぶろう》
発行所　　株式会社 本の泉社
〒113-0033 東京都文京区本郷 2-25-6
電話：03-5800-8494　Fax：03-5800-5353
mail@honnoizumi.co.jp ／ http://www.honnoizumi.co.jp
印　刷　　音羽印刷　株式会社
製　本　　株式会社　難波製本

ISBN978-4-7807-1979-6　C0095